Grete Hoops

De Klönsnack is dat Beste an'n Norden

Plattdüütsche Vertelln ton Högen

ISENSEE VERLAG
OLDENBURG

Das Titelbild und alle Illustrationen zeichnete Christel Daub aus Bremervörde.
Christel Daub ist eine sehr begabte, leidenschaftliche Hobby-Malerin, die sich mit ihren Bildern in Norddeutschland bereits einen Namen gemacht hat. Sehr viele schöne Porträts und Landschaftsbilder aus ihrer Hand sind im Hotel Daub in Bremervörde zu bewundern.

Bibliografische Information Der Deutschen Bibliothek

Die Deutsche Bibliothek verzeichnet diese Publikation in der Deutschen Nationalbibliografie; detaillierte bibliografische Daten sind im Internet über <http://dnd.ddb.de> abrufbar.

ISBN 978-3-89995-796-9

Gedruckt bei Isensee in Oldenburg

Wat in dit Book steiht

Geleitwort zum 10. Buch von Grete Hoops 6

Een Woort vörweg över den Klönsnack 7
De hungrigen Jägers 8
Inköpen 10
De Appels staht mi to 16
De goden Ratslääg 19
Brägen un Grütt 22
Karin von'n Dörpen geiht op Reisen 24
Wiehnachten ohn'n Hasenbraden 27
In'n April schicken 35
Disse Gast dröfft nich blieben 39
Dat het so ween schullt! 41
De besonnere Zuppenläpel 45
Op de rechte Spoor blieben 47
Dat weet ik gans gewiss 50
Sprit för dat Füürwehrauto 53
To jeden Putt passt'n Deckel 55
Mien Fründ, de Buskutscher 58
Damenwahl! 61
De Peerhannel 64
Tante Hanne is neischierig 69
Op Hasenjagd 72
„Scheite" sien Jagdglück 74

Wat de Wöör bedüürt 76

Geleitwort zum 10. Buch von Grete Hoops

Liebe Leserinnen und liebe Leser,

die plattdeutsche Sprache ist ein Kulturerbe, das man erhalten muss. Die Bücher von Grete Hoops (Tarmstedt) zählen zu den meistverkauften unseres Verlages, und nun legt sie ihr zehntes Werk vor. Damit hat sie sich um den Erhalt der plattdeutschen Sprache besonders verdient gemacht. Ihre Geschichten sind ein Lesespaß sowohl für Kinder als auch für Erwachsene, denn sie eignen sich zum Lesen und Vorlesen gleichermaßen.
Durch ihren unermüdlichen Einsatz und viel Herzblut ist es Grete Hoops gelungen, die plattdeutschen Sprachgrenzen der einzelnen Regionen zu überwinden und sich im Elbe-Weser-Dreieck und darüber hinaus als Autorin zu etablieren. Dadurch, dass sie seit Jahren in Kindergärten und Schulen unentgeltlich vorliest und mit den Kindern plattdeutsche Abzählreime, Gedichte und Lieder übt, ist es ihr gelungen, auch die Nachwelt für diese wunderbare Sprache zu begeistern. Auf zahllosen Veranstaltungen trägt sie für Erwachsene vor und bereitet ihnen stets vergnügte und besinnliche Stunden.
Wir wünschen Ihnen viel Freude an diesem neuen Buch unserer beliebten Autorin!

Ihr Florian Isensee

Von der Autorin sind ebenfalls erschienen:

„Twüschen Waterkant, Heide un Moor“ (2001), „Dor frei ick mi all langen op“ (2002), „Von Wiet un Siet ut jede Tiet“ (2003), „Bohnen, Beern un Speck oder: De Tippelbröder“ (2004), „Allerlei un Allerhand ut us Plattdüütsche Land“ (2005), „Dat löppt sik allns trech“ und „Mit Dela un Didi dör dat Johr“ (beide 2006), „Von Heideland bit Waterkant“ (Hörbuch 2007), Plattdüütsch Wort het'n warmen Klang (2008) und „Geschichten, de dat Leben schrifft“ (2009).

Die Zeitungen schreiben über Grete Hoops:

TARMSTEDTER MAGAZIN:
„Vehemente Fürsprecherin für den Erhalt der Plattdeutschen Sprache“
LÜNEBURGER LANDESZEITUNG:
„Auf sie kann man sich verlassen.“
ROTENBURGER KREISZEITUNG:
„Sie hat sich als überaus präsente und reisende Autorin etabliert.“

Een Woort vörweg över den Klönsnack

De eenfache, harmlose Klönsnack in'n Sommer op de Fierabendbank buten, blangen de grote Döör, de ward noch pleegt.
Opa is meist de erste, de sik hier utrauht, aber dat wohrt nich langen, denn kummt een von de Nabers un denn noch de een oder anner ut'n Dörp dorto. De Bank is langen vull, wenn de Huusfroons un Deerns uck to schick sünd un denn ward de Kökenstöhl ruthoolt oder dor ward gau'n Melkerbuck vonne Hilln langt.
Över dat Weer ward snackt, ob dat paßlich is oder ob se dat ännern mööt. Dor ward luut över dat Veeh nadacht, de Starken, de bald kalben mutt, över de Swienpries, de meisttiets to siet sünd. De een prahlt mit sien beste Gesundheit un de annere klagt över sien Knaken, de nich mehr opt lieke wüllt. Dor ward uck mal'n Witz reten un so luut dor över lacht, dat binah de Kinner opwaakt.
Jedereen vertellt wat, aber se snackt nich över anner Lüüd, de nich dorbi sünd, dor ward nich över hertagen, womöglich noch Schlechtigkeiten, de nich wohr sünd. Dor kunn viellich'n litten Funken herflunkert weern, wo nachher een groot Füür mit hoge Flammen ut ward, wat nich woller doot to kriegen is. Dor blifft jümmer Aschen över un de flüggt wiet ümut. Lögenhafte Lüüd weerd nich ton tweten Mal ton Hinsetten rannödigt, sone Minschen hebbt hier keen Heimat un denn heet dat:

„Dat Best is jümmer,
seggt Jan Brümmer,
sik sülben anne Näs to faten
un anner Lüüd in Ruh to laten."

Dat Miteenanner von de Lüüd op'n Dörpen un dorto tällt de Klönsnack, is dat Beste an'n Norden.

De hungrigen Jägers

Se harn all'n ganse Tiet op'n Hochsitz seten, de dree Jägers, se wörn all vör de Sünn opstahn. Nu wör jüm dat leed, un se dwadeln los. Dor anne frischen Luft wörn se hungrig worn, un jüm gelüst dat na son richtigt deftigt Vesper. Se wulln, wie jümmer, bi Marie in'n Dörpskroog inkehrn. Se weet, Marie het de beste Mettwust in ganz Norddüütschland. Se is uck ganz flink tofoot, ehr Hannen mag se gern rögen, un in'n Null-Komma-Nix staht de Spiegeleier op'n Disch. Meistens süht Marie jüm all kamen, un sobald de Jägers inne Döör kaamt, höört man, dat inne Köök 'n Messer oppe Klingen wetzt ward; dat is von Ji un Jo her so ween.

Aber vandaag blifft dat still, de dree Mannslüüd roopt luut:
„Moin, Marie, hest goot slapen?"
Nüms antert jüm. Het Marie amennen verslapen? Eerstmal tappt de Jägers sik sülvst een Beer ut den Hydranten op'n Tresen, dat de Döst stillt ward. Aber se hebbt mächtig Kohldamp, de Magen knurrt un will nich stillswiegen. Se weet hier all langen Huusgelegenheit un wüllt sik inne Köök wat to Eten söken, aber in'n Brotschapp find't se bloß dröögt Swattbrot, Mettwust is narms to finnen.

Aber rüükt dat nich doch 'n beten na Pannkoken? Son Geruch tütt jüm inne Nääs, dor mutt doch eenerwärts Pannkoken ween! Jan ritt de Bratobendöör apen, un he is glücklich:
„Ik heff wat funnen", prahlt he, „kaamt her, dissen feinen Pannkoken mit de dicken Speckschieben, den deilt wi us, de is uck noch ganz hitt."
Nu fallt se eerstmal över den Eierkoken her, un de smeckt jüm allerbest. Marie kann nämlich nich bloß feint Mettwustbrot smeern, nä, se is uck noch 'n gode Kööksch. Aber satt sünd de Dree nu langen noch nich. Wo blifft de Marie?
Viellich is se mal eben ton Klönen na'n Naber lopen? Dat is so still hier in'n Huus, dor is jo woll nix passeert?! Wör Marie vör'n poor Daag nich all slech to weg? Se har ehr Gesicht doch

so kruus tagen, as se ehr nödigt harn, sik doch'n beten bi jüm daal to setten. Achtern Tresen wör se stahn bleben un har jümmer noch mal woller de sülbigen Gläs spöölt un poliert. Dat wör ganz gediegen un nich Marie ehr Ort. Marie sett sik egentlich gern bi jüm daal un lach un vertell mit jüm.

De dree Herrn sliekt sik nu ganz lies vonne Köök ninne Dönz, womöglich is Marie achtern warmen Oben todööst, aber uck hier is nüms. Ganz sachte maakt se de Kammerdöör open, un hier find't se de Froo, se liggt oppen Bett, kickt aber ganz grall ut de Ogen.

„Wat is mit di los, Marie, krank büst du ja woll nich, so sühst du nich ut. Streiks du un hest keen Lust optostahn?“ so fragt de Hungrigste von de Dree.
„Och nee“, antert Marie, „ik bün ganz goot toweg, „ik maak vandaag mal'n Peerkur. Ji hebbt dat doch woll spitz kregen, dat ik mi nich hinsetten kann. Aber von mien Puuln op'n Achtersten dor mutt doch Rat to ween, un dorüm krieg ik dor hitten Pannkoken rop, ik wessel mit twee Pannkoken af. Wenn de een afköhlt is, dennso kummt de woller in'n Bratoben, un ik hool mi den hitten dor woller rut. So het mien Oma dat uck jümmer maakt, denn kummt al dat Slechte rut, het se seggt. Sünd ji woll eben so goot un hoolt mi den hitten ut'n Oben, dor heff ik vörher all'n Viddelstunnen mit'n Oors op legen, de mutt nu aber woller hit ween.“

De Dree kriegt den Mund nich woller to, se kiekt sik an, jümehr Gesicht har fotografiert weern müsst. Se nehmt sik dat Verspreken af, still to swiegen, dat dat jo nüms gewohr ward. Aber eener het doch nich dicht hooln und dit Beleevnis vertellt.

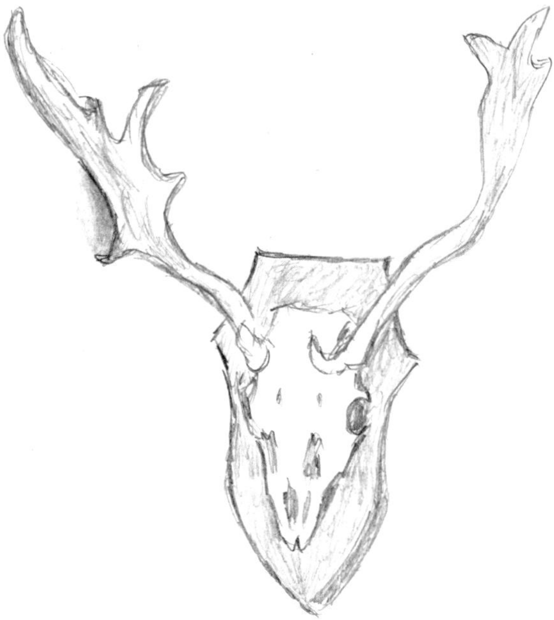

Inköpen

As de beiden Froonslüüd, Heidrun un Henny, fröh an'n Mornen lostiert, üm intoköpen un sik blangenbi noch'n komodigen Dag to to maken, do ahnt se nich, wat jüm na een poor Stunnen bleihn deit. Wenn se in'n Vörut kieken kunnt harn, denn wörn se gewiß to Huus bleven.

Se stiegt 's mornens vergnöögt in ehr Auto un zuckelt los na Stadt. Heidrun stimmt'n Leed an, un Henny singt luut mit. Aber opmal swiggt Henny un seggt:

„De weest doch, de Vagel, de 's mornens so fröh singt, den hoolt an'n Dag de Katt."

„He wat", antert Heidrun, „dat gilt nix, wat schall passeern an dissen herrlichen Vörjohrsdag, dat Weer is allerbest, un Gild hebbt wi uck noog, wi maakt us'n feinen Dag. De Katt müch ik mal sehn, de us vondaag weghoolt!"

De beiden hebbt ehr dicke Sporswien plünnert un wüllt sik neit inkleern. In'n Dörp schall'n Buurnhochtiet fiert weern, un dat ganse Dörp is dorto nödigt worn. Nu mutt also de Festdagskledaasch her, eendoont, woveel se köst.

Dat Gewöhl in'n Koophuus sünd se nich gewinnt, aber jüm maakt dat Spaaß, dor mit to mischen. Hullt doch bannig oppe Knaken, dat ganse Anprobeern, Antehn, Uttehn, un denn passt dit nich, un de Farv lett nich to Gesicht. Dor geiht Tiet op hin, bit se denn endlich beide dat Passliche funnen hebbt.

„Och", seggt Heidrun, „bald har ik dat vergeten, ik will för mien Gustav noch'n feint Hemd un'n bunten Slips utsöken."

Wieldes will Henny aber leber all na buten gahn un sik oppe Bank daalhuken, de Luft in'n Laden bekummt ehr nich.

„Nimm de Tüüt mit de Saken mit, denn bruuk ik dor nich mit rüm to slepen“, meent Heidrun.

As se nu dör de Utgangsdöör geiht, do fangt doch in'n sülbigen Moment de Alarmglocken luut an to pingeln. Foorns störrt uck all'n poor Angestellte rut un wüllt den Deef griepen. Aber nüms lööpt weg un keeneen is mehr to sehn, de jüm verdächtig vörkummt. Henny kickt uck ganz neischierig, son Verbreker har se sick uck geern mal bekeken un afwohrt, wat se dor woll mit maakt. Na ja, de is jüm denn doch woll wegwitscht un dör de Wicken gahn.

Henny töövt nu wieter ganz gedüllig op Heidrun, de noch jümmer na den besten Slips söcht.

„Gediegen is dat doch, son lange Tiet, de mutt woll Snackertüüch funnen hemmen“, dinkt Henny un ward bilitten ungedüllig.

Nu will Henny in'n Laden nakieken. Wat mag dor los ween? As se aber in't Döörlock steiht, do fangt doch wahraftig dat komische Ding woller an to pingeln, jault un jault un höört nich woller op.

„All woller een Deef, de nich mehr to sehn is“, so snackt Henny bi sik sülvst. Aber denn kaamt all twee Lüüd, haakt ehr ünner, as wenn se ehr besten Frünnen sünd, un treckt mit ehr na achtern int Büro rin. Hier blafft se ehr an:

„Nun haben wir Sie endlich erwischt, wir rufen die Polizei, damit Ihre Personalien festgestellt werden können, hier kommen Sie jetzt nicht wieder raus.“

Un denn kiekt se inne Tüüt rin:
„Nun sieh einer an, die teuersten Sachen haben Sie sich ausgesucht, Sie haben Geschmack, na ja, wenn es kein Geld kostet, dann kann man nehmen, was am besten gefällt. Aber dieses Mal haben Sie Pech gehabt, Sie konnten wohl nicht so schnell weglaufen.“

Henny weet gorne, wat ehr passeert un seggt ganz weenerlich:

„Wat schall ik hier? Ich heff doch allns betahlt. Is dat denn Falschgeld ween? Dat kann doch nich angahn, dat hebbt wi doch jüst vonne Bank haalt!“

De Detektiv dreiht all de Nummer un will de Polizei ropen, aber denn fangt Henny luut an to weenen un dinkt:

„Wenn sik doch de Eer apen dä un ik dor rin fall'n kunn."

Ehr Kopp gleiht as son Leeghenn, un se wehrt sik:

„Haalt doch bloß keen Polizei, dor heff ik in mien ganse Leben noch nix mit to doon hat. Ik heff doch allns ehrlich betahlt, de Bon is doch inne Tüten."

Aber keen Beleg is to finnen, soveel se uck dorna söökt. Schull Henny doch op een annere Ort inköfft hemmen? Henny loopt egalerweg de dicken Tranen öber de Backen, aber de Angestellten kennt sowat un hebbt keen Mitleid. Henny nimmt nochmal'n Anloop un weet Rat:

„Sicher het mien Fründin den Bon inne Tasch, un de is noch in'n Laden."

Goot, Heidrun ward nu luut utropen, aber dor mild't sik nüms, de so heet. De Knüpel liggt doch jümmer bie'n Hund, denn Heidrun har allns un wull jüst in dissen Ogenblick na buten gahn un Henny söken. Aber wat kummt se nu toschick! As Heidrun noch int Döörlock steiht, fangt miteens de gräsige Sirene woller an to jaulen.

„Nu ward'n Rieten, all woller een Deef, dat schafft Spöön", freit sik de Angestellten.
Se griept sik nu uck Heidrun, un de süht de verweenten Ogen von ehr Fründin Henny. Wat wüllt de von jüm hier achtern in dit Kabuff? Hoolt de jüm för unehrliche Minschen? Heidrun fangt nu an, in ehr Knipp to söken, aber de Detektiv will sik op nix inlaten un jiffelt los:

„Bezahlen ist nicht, Sie werden angezeigt!"

Heidrun behullt aber de Nerven un kiffelt jüstso woller trüch:

„Ich habe gar nicht vor, die Sachen zweimal zu bezahlen, hier sind die Quittungen."

Wat förn Glück! Heidrun mutt nu eerstmal ehr Fründin begöschen, de dor noch jümmer duuknackt rüm sitt un sik all in'n Knast sehn het.

Aber wie wör allns togahn? De neie Praktikantin, de jüst an dissen Dag anfungen wör, dröff anne Kass all beten mithülpen. Disse Deern har vergeten, de Metalldinger ut de Woor to lösen, un dorüm füng de Alarmglocken an to pingeln.

De beiden Froonslüüd harn aber eerstmal de Nääs vull von'n Inköpen inne Stadt. Se harn noch Hartpuckern, as se all langen woller to Huus wörn.

Aber wie mag dat de junge Praktikantin gahn hemmen?

De Appels staht mi to

„Nä-nä-nä", sä Buur Hulschendick, „wi hebbt nich een eenzigen Appel öber, wi bruukt de al sülvst, Appels kanns du von us nich kriegen !"
Dierk Düker is bannig bestött öber sone Antwort. Dat kann ja woll nich angahn!

In'n Hochsommer in de hittste Tiet wör Hugo Hulschendick bi Dierk angewichst kamen un har bedelt:
„Kanns woll eben gau herkamen un'n Föhr Hau von'n Wagen afstaken na'n Böön ropp, wi mööt den Wagen leerig kriegen, mööt noch eenige Föhern vonne Wisch halen. Dat Hau is drööq, un dat schall vanabend noch'n Gewitter geben, dat is so swool, is knapp ton uthooln."

Un wat deit Dierk Düker? He löppt in de bröddige Hitze hin un hülpt jüm ut de Not, un dat deit he nich bloß eenmal.

Hugo Hulschendick röppt denn bloß: „Schass uck veelmals bedankt ween!"
Dormit is dat denn afgulln. Dierk sien Dankbüdel is all langen vull, un dorüm meent he woll, dat he üm'n poor Appels nafragen kann.

De Buur lett jeden Mornen von de Littmagd de besten Appels opsöken, de de Wind vonne Bööm puußt het. Wenn he denn noog het, denn jagt he de Sögens ninnen Appelhoff, un de künnt sik denn an de Früchte laben. In'n Harst stapelt he de geplückten Appels kistenwies in sien Fildschüün hoch op. Bi den ersten starken Fröst, meist so öd na Wiehnachten, denn verfrüst em de ganse Aarn. Dat is schannewert, aber Hugo Hulschendick maakt dat nix ut, denn de Swien künnt de jümmer noch freten.

Dierk Düker het negen Kinner, se hebbt dat nich schepelwies, aber se hebbt dat lepelwies. Öberleidig veel hebbt se nich, ober jümmer genoog. De groten Jungs sünd all anne Arbeit un verdeent Gild, un de üllste föhrt sogor all Auto. Dierk het achtern Huus nich veel Land, för Obstbööm is keen Platz. Mudder bruukt allns för Gemüseland, denn se mutt jeden Middag 'n groden Puttvull Eten kaken, se will jüm al goot satt kriegen. Gern müchen de Kinner inne School uck mal'n Appel to ehr Pausenbrot eten, aber de Buur Hulschendick het keeneen över.

As nu koort vör Wiehnachten de Kerl in'n Radio starken Nachtfröst ankünnigt, do weet Dierk, wat he to doon het.
„Mudder", seggt he, „wenn dat vanabend stickendüster is, denn gah ick mit'n Sack na Buur Hulschendick sien Obstschüün un hool so veel von de dicken Pannkokenappels as ik drägen kann. Bi em verfrüst denn eben een Sackvull weniger, dor kreiht keen Hahn na."

„Oh-oh-oh, dat laat na, wi sünd doch ehrliche Minschen un dat wüllt wi uck blieben, wi nehmt keeneen wat weg", so wohrschoont Mudder em.
Mudder is dor nich goot bi toweg, sone Grappen de künnt inne Büx gahn.

Dierk Düker gifft aber nich bott, he is de Meenen, dat sowat keen lege Töög sünd. He will sik bloß beten Lohn för sien swore Arbeit afhooln, dat steiht em to. Den Buurn bruukt he nich to fragen, dat is vergeevs, denn de seggt em keen to, de günnt keeneen wat. Dierk löppt all dat Water in'n Mund tohopen, wenn he bloß an de leckern Pannkokens dinkt, de Mudder denn backen kann. Mudder graut dor aber bi, un se mag nich na Bett gahn, se will opsitten, bit Vadder woller dor is.

As de üllste Jung Horst an dissen Abend laat von'n Kino na Huus kummt, wunnert he sik, dat to Huus noch Licht brennt. Mudder löppt em all inne mööt, un Horst süht ehr bange Gesicht. „Oh", seggt se, „ik mag di dat knapp seggen, Vadder is so verwagen un hoolt sik ut Hugo Hulschendick sien Obstschüün sien ‚Deputat', so het he mit dat vertellt. Aber ik bün bangen, denn he is all so langen weg, he is jo woll nich in een'n depen Graben fulln. Hoffentlich hebbt se nich den wüterigen Hund achter em hisst!"

Horst is aber uck öbertüügt, dat Vadder sik de poor Appels ehrlich verdeent het un dat de em tostaht. He will em mit'n Auto inne mööt föhern, dat he sik nich so afslepen mutt. Nu lücht he mit'n hellen Scheinwerfer de Weeg jümmer un jümmer woller af, aber Vadder is narms to sehn. Beide, Horst un Mudder, maakt sik nu doch bannig veel Sorgen. Wo schüllt se em in'n Düstern söken? Wat mag em ankamen ween?

Endlich pultert dor een anne Döör – endlich! Jüm fallt'n Steen von'n Harten. Vadder steiht mit'n groden Sackvull Appels int Döörlock. Aber wie steiht he to Steel! Sien Hulschen sünd bit babenhin vull Schlamm un Dreck, un he is messnatt besweet. Ganz ut de Puust smitt he den sworn Appelsack daal, kann knapp snacken un schimpt as son Dacklünen:
„Dinkt doch bloß, mi mutt eener sehn hemmen un het spitzkregen, wat ik hanteert heff, de het mi mit'n Auto verfolgt. Vör de hellen Scheinwerfers kunn ik mi kuum duken, un mit den sworn Sack utneihn kunn ik all langen nich. Mi bever de Büx bannig, un ik bün dör mannigeen depen Graben stappt, wo veel Water in stünn. Ik wör so dull, in'n Still'n heff ik den, de mi an'n Kragen wull, een'n langen Hals wünscht mit'n Kopp vull Lüüs dor op un veel to korte Arms, dat he sik nich kratzen kunn. Ik bün em denn aber doch woll to klook ween, denn to sehn kregen het he mi nich."

Erst langen na Wiehnachten, as se de saftigen Appels al to Lief harn un Vadder nich mehr an dat gräsige Belevnis dach, do het Horst em vertellt, dat he de Autokutscher ween is, de em verfolgt het mit dat helle Licht, weil he dat goot mit em meent har un em hülpen wull, dat he den sworen Sack nich slepen müss.

De goden Ratslääg

De ole Buur is all langen nich mehr oppen Damm, aber nu is he opmal ganz slimm krank un kann de Wehdaag nich uthooln, un he maarkt, dat dat woll tohand mit em to End geiht. He het uck dat Üller ton Starben, is mööd, un he müch nu uck geern na Güntsiet gahn, denn Jan Klapperbeen leeg all oppe Luur.

Op sien olen Daag har de Buur doch noch'n ganz junge Deern freet, un nu wöört opmal al mit em, un he müss sien flotte, gralle Froo hier alleen trüch laten.

Sien junge Froo sitt nu bi em oppe Bettkant, hullt sien Hand un strakelt em un höört sik allns an, wat he noch so för Wünsche het. De Hoff un dat ganse Weeswark is em bannig wichtig, un he will, dat de wieter besteiht, un he meent, dat he ehr noch mannigeen goden Ratslag geben mutt:

„Du muss nu alleen den Hoff vörstahn, muss goot wirtschaften un arbeiden. Wör doch Sünnen un Jammer, wenn disse schöne Hoff inne Wicken güng. In'n Winter kanns di ja mal 'n poor gode Daag maken, aber in'n Sommer denn stah mornens fröh op, wie wi dat jümmer hooln hebbt, aber Fierabend gifft so gau nich, denn in'n Sommer is dat langen hell."

De Froo tröst em: „Maak di dor man keen Sorgen üm, dat geiht al sien'n Gang."
„Vergitt uck nich", seggt he, „dat du maken kanns, wat du wull. Wenn du meenst, dat du geern neie Schoh oder 'n neit Kleed nödig harst, denn kööp di dat, aber bloß denn, wenn allns annere, wat för den Hoff ween mutt, betahlt is un du denn noch Bargild över hess."
„Maak di keen Sorgen dorüm, wi sünd alltiet neerig ween, dat bün ik hier so anworn, ik hool dat Gild tohoop."

De ole Buur dinkt uck an sien Veehtüüch: „De ole Koh, de Berta, de bring man nich woller na'n Bullen, de mutt na'n Slachter, de bringt nix mehr, de gifft nich mehr noog Melk. Aber wenn de kalvt het, un dat is'n feint Kohkalv, denn heeg dat man op, dat is'n goot Slaag."

„Maak di man keen Sorgen, dat schall al so geschehn."
„De Peer drööft in'n Winter, wenn se de meiste Tiet op'n Stall staht, uck nich veel Habern freten, denn werd se to wehlig un kloppt de Stalldöör keputt."
„Maak di man keen Sorgen dorüm", so begöscht de Froo em, „ik kümmer mi üm de Peer, dat se goot Foher kriegt un uck nich toveel."
„Tokern Week kanns du denn twee Ställ vull fette Swien verköpen, aber ik will di wohrschonen: do de nich an den Slachter Fridolin, de will de jümmer in'n Ruus hanneln un köpen, un denn schitt he di an. De föffteihn Farken sünd in veerteihn

Daag uck sowiet. Segg den Opköper Fritz man Bescheed, de gifft di ’n goden Pries, de is ehrlich.“
„Maak di man keen Sorgen, ik maak dat so, as du dat wull.“
„De Dodesanzeige inne Zeitung kanns jo beten wat grütter insetten laten, dat de uck al Lüüd seht un goot lesen künnt. Schriev man baben röber den Spruch:

‚Müh und Arbeit war sein Leben.‘“

De junge Froo seggt em mit Tranen inne Ogen: „Maak di keen Sorgen. Dat ward allns so maakt, as du dat wull.“

„Un wat ik noch seggen wull“, un dorbi stöhnt he al bannig, „op den hogen Kamp, wo wi nu jüst soveel gesunne Kartuffeln aarnt hebbt, dor mutt dissen Harst Rurgen op seiht ween. Aber för tokern Johr muss du neie Saatkartuffeln köpen. De ooln woller to planten, dat bringt nix, dor finds du toletz keen glatte Kartuffeln mehr, dor sünd denn bloß noch Poppen un Figurn inne Eer, un de will nüms schelln. Aber dat weet Hannes, de Knech. Ik mag di dat knapp an’n Sinnen ween, seh man to, dat du den erst mal för den sülbigen Lohn op’n Hoff hooln kanns, de weet von allns goot Bescheed, de passt op’n Kaneel.“
„Oh“, seggt sien junge Froo un ward ganz grall, un se rückoorst oppe Bettkannt rüm, „maak di man keen Sorgen, is allns opp’t Slott. Mit Hannes bün ik mi all langen eenig, wi hebbt us gans leev, sobald dat Trouerjohr üm is, wüllt wi us Plünnen tohopen smieten un Hochtiet fiern.“

Brägen un Grütt

Son Weertsmann lehrt in sien lange Leben veel verschiedene Lüüd kennen un is dordör een groden Minschenkenner worn. Sobald dor frömme Gäst in sien Dööör rin kaamt, denn maakt he sik glieks sien egen Bild von de Lüüd.

Nu wör mal woller Mister X bi em inkehrt, de all faken bi em spiest har. De Weertsmann wüss nich sien'n Naam, he wüss bloß, dat he as Vertreter för een Firma veel ünnerwegs ween müss. Mister X kööm tadellos öber, in de feine Anzugbüx wör 'n Knick, dor kunn'n sik binah in sniern. Sien Schoh wörn wienert, dat'n sik dor in spiegeln kunn, un wiesen uck, dat se mal masse Gild köst harn. An'n Finger blinker 'n breden Siegelring, koort un goot: allns wör tiptop.
Mister X har inne Gaststuuv sien'n Stammplatz, in'n Winter an'n warmen Kacheloben un in'n Sommer an'n Finster, wo he de Straat mit wohrn kunn. Mister X studeer jümmer gründlich de Spieskoort, he wör 'n Feinsmecker un wull wat Besonners för sien Gild hemmen.

So wör dat uck an een kolen Winterdag. „Herr Wirt", rööp he, „kommen Sie doch bitte her, denn heute möchte ich mal etwas ganz anderes essen!"
„Oh geern", antert de Weert ganz fründlich, „wat schall dat denn vondaag ween? Se künnt de Koort ropp un rünner eten, wi beedt doch jümmer teihn verschiedene exklusive Gerichte an."
„Oh nee, heute möchte ich mal etwas essen, was nicht auf der Speisekarte steht, was empfehlen Sie mir?", fragt Mister X, de bloß hochdüütsch snackt, obschoons he een echten Plattdüütschen is, dat het de Weertsmann all langen ruthöört.
Ja, wat nu? De Weert kann de Lüüd inne Köök dor nich twüschen funken, dat is nich sien Rebeet, nu is he beten ratlos.
De Gast, de hier gewiss König is, seggt: „Ich möchte gerne et-

was Ausgefallenes genießen, es kann gerne teuer sein, auf Geld kommt es mir nicht an. Allerdings kann ich nicht lange auf die Zubereitung warten. Ihre Dienstleute müssten etwas aus ihrem Trott herauskommen und sich etwas mehr sputen!“

De Weert, de weet, dat sien Lüüd inne Köök uck bloß twee Hannen hebbt un to de Middagstiet keen Been anne Eer kriegt, sleit sien anspruchvollen Gast „Dit un Dat“ vör, aber dat is em al nich inne Mütz. De Weert het all langen maarkt, dat Mister X een von de Sorte is, de in us Wirtschaftswunderland in’n ganse korte Tiet to veel Gild kamen is, wat em to Kopp stegen is, de Hochdüütschen harn em „Herr Neureich“ nöömt. De Weert kann em nix rech maken un dinkt:
„So is dat, wenn ut Schiet wat ward, oder von’n Ossen kanns nich mehr verlangen, as ’n goot Stück Rindfleesch.“

Mister X nimmt nu ’n neten Anloop: „Ich hätte gern für mein gutes Geld etwas, was ich noch nie hatte, was mir fehlt. Aber vielleicht haben Sie so etwas auch nicht.“
Do öberleggt de Weert nich langen: „Dausendweg“, dinkt he, „dissen Maiaap den will ik bikamen“, un he seggt: „Dat heff ik, ik heff dor öberleidig noog von un kann dor uck geern wat von afgeben. Also Se wüllt wat Neets hemmen, wat Se nich kennt un noch nie hat hebbt. Denn eet Se doch Brägenwust, dor is beides in: Brägen un Grütt“ (bildlich für: Hirn und Verstand).
Nu is Herr Neureich endlich tofreer: „Ja, servieren Sie mir bitte Brägenwurst mit Grünkohl.“
De Weertsmann, disse Utbund, höögt sik een. He het sien’n Gast den Spiegel vörhooln mit de beiden Wöör „Brägen un Grütt“, un disse Dööspaddel het dat nich mal maarkt.

Karin von'n Dörpen geiht op Reisen

„Hauptsaak Arbeit", saggt veel Lüüd, de nich verstahn künnt, wat allns von eenen verlangt ward.
„Nu stell di nich so an, mien leve Karin, un wees keen dummerhaftig Landei, du büst doch nich op'n Mund fulln", seggt de annern, de dat, wat von mi verlangt ward un worüm mien Hart so puckert, nich maken mööt.
Ik arbeit bi een grode Firma, un de troot mi to, dat ik mit'n Fleger von Hamborg na Frankfurt an'n Main flegen kann. Wo künnt de mi woll sowat an'n Sinnen ween!
Ik schall dat jo nich ümsünst doon, ik krieg noch Spesen un Övernachtungsgild babenin.
„Dat kann ik nich," drööf ik nich seggen, denn heet dat: ‚Stell de Kannen daal un nimm de Hannen.'"
Ik strüüv mi, heff noch nie 'n Fleger von dicht bi sehn, ik bün böös inne Bredullje un müch geern den Kopp uttehn.
In dat grode Hamborg mit den gewaltigen Flughaben, dor is gewiss een Bahnstieg an'n annern. „Dor nöömt se dat T e r m i n a l", klärt man mi op. Ik kann dat doch nich weten, bün noch keeneen Steer hinflogen. Wat hebb ik doch för kloke Kollegen, al wüllt se mi begöschen, geevt mi gode Ratsläg un wohrschoont mi vör dit un dat. Aber wat hülpt dat. De dinkt woll al bi sik sülvst: „Dat lett sik allns maken, wenn ik dat man nich bruuk."
Aber denn het dat eerstmal goot klappt, ik bün dree Stunnen vör de Tiet op'n Flughaben. Dat kummt dorvon, weil ik de ganse Nacht keen Oog tokregen heff, dorüm bün ik vör Dau un Dag mit'n eersten Zug na Hamborg düüst.
Nu krieg ik dor op'n Flughaben mien Bordkort, un ik weet, dat ik in Reeg teihn sitt un noch 'n litten beten Tiet heff, bit de Fleger mit mi inne Luft geiht. Dat Geföhl seggt mi, dat ik man noch gau woller na „Tante Meyer" gahn schall, denn wer kann't weten, ob dat dor baben överhaupt möglich is. Mit mien Tasch un Aktenkuffer inne Hand pees ik dor nu noch gau hin. Dat

WC is knapp bemeten un mit mien'n Mantel, den ik nich mehr uttehn kann, weil de Tiet dat nich tolett, is disse Akt binah 'n Kunststück. Naja, ik bün jung un wendig, un dat het klappt. Mit masse annere Lüüd, de uck veel Moot hebbt, stieg ik denn de Treppen hoch un in'n Fleger rin. Dat schall nu gau gahn, flink smiet ik den Aktenkuffer un mien Mantel baben in dat Gepäckfack. De Lüüd achter mi schüllt nich luurn, dorüm drööf

ik nich nödeln un mutt mi fix hinsetten. As ik mien'n eleganten Rock glattstrieken will, damit ik den nich kruus sitt, un noch mal eben woller hochjump, do is dor gor keen Rock – dat is jo gediegen.
Nä uck doch, wat heff ik maakt! Den een Zippel von mien Rock heff ik, as ik op „Tante Meyer" wör, inne Iel ganz inne Strümpbüx steken un den annern Zippel noch halv. So heff ik de Lüüd in'n Gang, de achter mi staht, mien linke slanke Been ganz wiest, aber dat rechte, wat tominst genau so schön is, bloß halv. Mien Hannen kriegt dat nu hill, de Rock kummt woller vörtüüch, un beide Been sünd dor ünner verswunnen. Ik bün fertig mit Jack un Büx, mien Kopp gleiht un mien Gesicht is so rot as de Kamm von een Leeghehn in'n Vörjohr. Ik bün bannig in'n Sitz hindaalrutscht, wör gorne mehr to sehn.
Bit Frankfurt kaam ik woller to mi, dat Schamgeföhl is weg, dat har doch jeden annern uck passeern kunnt, wör doch minschlich.
Ton Glück weer ik hier von'n Flughaben afhoolt un in een Nobel-Hotel bröcht. För mien Zimmer krieg ik nu statt 'n Schlötel een Koort, de ünner de Klink steken weern mutt, un so kann ik ganz vörnehm de Döör open sluten. Ganz stolt bün ik op mi, weil ik dat uck so fein trech krieg. Aber – oh Schreck – disse Stuuv is all besett, dor snackt welke in. Wie kann dat angahn? Bün ik op de verkehrte Etage? Ik teh de Döör sachte woller ran. Dor mag ik nich ringahn, wer weet, wat de dor hanteert, viellich sünd de all to Bett gahn, un de mag ik nich stöörn. Ik stah dor as de Oss vörn Barg, un mi blifft nix anners över, as na de Rezeption to gahn un mi dor beschweern. Een litten Hotelboy in feine Uniform geiht nu mit mi. Dat schall mi mal verlangen, wi de dat maakt? He sleit de Döör wiet apen, un denn seh ik den Kiekkasten, wo een smucken jungen Kerl luut snackt, mi begrööt un mi willkommen heet un mi een schöne Tiet in de Stadt Frankfurt wünscht.
Dat sowat ganz automatisch geiht, wenn een Gast ton ersten Mal dat Zimmer apen maakt, dat heff ik uck noch nich beleevt. So is dat, wenn een Deern von'n Dörpen op Reisen geiht.

Wiehnachten ohn'n Hasenbraden

O-O-Oh, dat har'n böööst End nehmen kunnt, denn dat Vitamin „B“ (Beziehungen), disse Wunnerdroge, het all von Ji un Jo her een grode Rull speelt.
Disse Saak, de egentlich as Spaaß dacht wör, is scheef lopen. Dat wör de Tiet, as de Reichsmark jüst utdeent har, wi betahln mit de weertvulle „Düütsche Mark“, un dormit müss bannig huushooln weern. Aber de Tieden wörn damals anners, denn man bruuk noch gorne soveel Borgild, man vergnöög sik op eenfache Ort. De Lüüd güngen mehr tohoop, speeln in ehr wenige Freetiet mal Korten oder klönen miteenanner.

Nu wör dat inne Adventstiet, un jedereen plaan för dat Wiehnachtsfest. An grode Geschinke wör nich to dinken, aber'n feinen Festdagsbraden, dor wull nüms op verzichten.

So dach uck de Malermeister Johann Topf. De Lüüd in de littje Stadt anne Oost nömen em aber slicht, eenfach un kort: „Jan Putt“. Jedenfalls har Jan Putt sik uck to rechter Tiet den Wiehnachtsbraden sichert.
Een Jäger har em'n feinen utwussen Haas verköfft. Den Maler sien leve Swiegermudder wull jüm to Wiehnachten besöken, un he wull disse Froo bestens beköstigen, denn de schull weten, dat ehr Dochder dat dor anne Oost goot güng.
Al Lüüd müssen sik damals noch jümmer ohn'n Köhlschapp behülpen, un so güng dat uck Jan Putt, he kööm uck ohn den Luxus von dit kostbare Möbelstück ut. He behülp sik op de ole Ort. He hüng sien'n feinen Haas mit Fell, so wie he em von'n Jäger kregen har, buten an sien Huus hin, dor wo de Nordwind düchdig brusen dä. Dat wör nu jüst anne Straatsiet. Un jedereen kunn sehn, wat Jan Putt un sien Familie to Wiehnachten op'n Disch harn, un mannigeen kunn dor woll nich an vörbie gahn, ohn to lickmuuln. To damaliger Tiet hööl man veel von fein't Eten, dat wör binah de Hauptsaak, un an tweter Steer

kööm de Spaaß un dat Vergnögen. Dat Leben wör nich eentönig, oh bewohr!
De Minschen füllen jümmer masse Knääp in, se harn ehrn Kopp ton Dinken un nich bloß ton Hoorsniern. Masse Grappen spöken bi jüm in'n Brägen rüm, un de müssen rut. Dat schull jümmer spaßig togahn, aber sone Saken kunnen uck mal ut de Kehr lopen un'n End nehmen, wie dat nich ween schult har.
So beleev dat mal de Weertsmann Gerd Laub, he wör egentlich een von de Stillen, aber he har dat innerlich as de Zägen den Tallig. He wör son Allmannsfründ un leet nix anbrennen. He har dat spitz kregen, dat Jan Putt sien Wiehnachtsbraden anne Straat rümbungeln dä, un he meen, dat son fein't Festdagseten för de Swiegermudder veel so schaad wör un dat de dat uck mit wat anners doon kunn. Wie kunn he jüm dor bloß von afhülpen?
Jüst as de Utbund von Weertsmann so an't Kukeluurn wör, do duuk de Beerkutscher Kalle bi em op. De wör von dat sülbige Slag, bi sien swore Arbeit bruuk he wat, wat em den Dag beten lichter möök. Ohn Spaaß un Spijöök kunn he nich to, dat bruuk he jüst so as Eten un Drinken. Nu kloken de beiden sik wat ut un meenen, dat de Swiegermudder von Jan Putt dat doch uck mit'n saftigen Swiensbraden doon kunn. Viellich kööm se denn nich so faken woller, un dat kunn den Maler doch woll rech ween. Ton Glück har de Weertsmann Gerd uck'n Haas hingen, he wull de annern doch in nix nastahn un sik un sien Familie uck wat günnen. Nu kreeg de Weertsmann sienen Haas bien Wickel un nöhm dor gans vörsichtig de Wildbretdeile rut, un denn stopp he dat Fell gans fiegeliensch mit Stroh un Kartuffeln ut. Dat har he fein hinkregen, nüms füll wat op, he verstünn sien Handwark, dat har he jo gründlich lehrt. Dat Deert har sogor sien Gewicht woller, un Haas wör Haas, de een sehg jüst so ut as de annere, allns wör perfekt.
Dat wör jo Wintersdag, buten wör nüms to höörn un to sehn. Nu wör dat ganz eenfach, in'n Stickendüüstern tuschen de Beerkutscher Kalle un de Weertsmann de beiden Hasen üm.

Nu bungel bi Jan Putt anne Straat de utgestoppte Haas, un nüms wör dor wat von wies worn.
De beiden wulln den Haas von den Maler aber nich alleen vertehrn, denn wör de Spaaß nix wert ween. Dat wör Ehrensaak, dat se Jan Putt dorto nödigt hebbt, un'n goden Fründ kööm uck noch dorto. De Weertsmann wör doch keen Pennenschieter, he wull an dat Spellwark nix verdenen. Oh, wat lööv de Maler dissen Braden, de smeck em allerbest, de Weertsfroo Christel har dat Deert doch uck fein spickt un würzt. Jan Putt wör jo ohn'n Arg, he wüss nich, dat he sien egen Wiehnachtsbraden verspiesen dä. Aber so rech satt worn wörn de veer

Mannskerls nich von een Hasen, un dorüm schull Kalle inne Knipp langen un för al'n dicke Schiev Kees utgeben.
„Nä-nä", sä Jan Putt, „de Kerl het all dat ganse Beer utgeben, ik will jou uck wat to Gode doon, laat mi den Kees betahln."
Al müssen se na anner Siet kieken, denn jümehr Gnickern un Zickern dröff nich opfalln.
„Nä-nä", protestier de Weertsmann, „den Kees öbernehm ik, dor hebbt wi inne Kööк noog von."

Eenige Daag later kreeg de Maler Besöök ut Hamborg. De Bauünnernehmer Richard Grootfoot kööm mit sien Chauffeur in'n dicken Mercedes bi em vörgeföhrt. För den Malermeister wör Richard Grootfoot een gansen wichtigen Mann, un he müss sik gootstahn mit em. Jan müss dissen rieken Kerl bannig veel Honnig üm'n Boort smeern, denn he kreeg de besten Opdrääg för Malerarbeiden von em toschostert. Dorüm kunn Jan Putt sik all'n gebruukt Dreerad leisten, dat he mit'n Gesell un'n Lehrjung jeden Dag na Hamborg zuckeln kunn. Dat güng in disse Wirtschaftswunnertiet mit sien Geschäft bannig bargopp, un dat har he den gewichtigen, forschen Richard Grootfoot to verdanken.
Jan Putt wör op de Arbeiden in Hamborg anwiest, denn in de littje Stadt anne Oost backen de Lüüd ehr Tapeten sülvst anne Wand. Hier geev dat nich veel rieke Lüüd, de dat Gild man so mit beide Hannen utgeben kunnen.
De Maler wull sien Gönner nu uck geern mal wat to Willen doon, aber dissen rieken Kerl fehl jo rein gornix, wo schull he em bloß mal'n Freide mit maken?
Nu kööm em doch wahraftig de Tofall to Hülp, jungedi, wat frei Jan Putt sik. As de Gildmann ut Hamborg dor nämlich den Hasen hingen sehg, do wör de Kerl hin un weg un rein ut de Tüüt. He strahl öber beide Backen: „Dausendweg", rööp he, „son feinen Haas, direkt frisch von'n Jäger, Mann-oh-Mann. Ik heff all ewig keen Hasenbraden mehr eten."
Jan Putt sprüng vör Freide söben Pannkoken hoch. Wat har he nadacht un rümgrübelt, üm dissen wichtigen Minschen 'n Ge-

falln to doon. Klor doch, disse dode Wüppsteert schull afreisen na Hamborg. In goder Afsich hol he den Haas von baben hindaal un smeet den Chauffeur den hin, un de pack den gans sachte in'n Kufferruum.

De Maler kunn doch nich weten, wat he anricht har, denn von de Tuscheree har he nix markt. He wüss uck genau, dat sien Swiegermudder hierför bestimmt Verständnis har un dat Wiehnachten mit'n saftigen Swiensbraden vörleev nöhm.

Den Bauünnernehmer ut de Grootstadt lööp all dat Water in'n Mund tohopen, wenn he bloß an den schönen, leckern Wiehnachtsbraden dach. Un denn eers sien Familie! Sien leve Froo har in ehr Kinner- un Jugendtiet mannigmal hungern müsst, nu schull dat anners weern. Wat sien Froo woll för grode Ogen möök! He bröch dat Deert uck foorns na'n Slachter, dormit de den Haas dat Fell öber de Ohrn töög un denn feine Wildbretstücken trechsniern dä, denn bit Wiehnachten wörn dat bloß noch'n poor Daag hin.

Nu kööm dat Mallör an'n Dag, de Slachter wüss nich, wat he seggen schull, so wat har he sien ganse Tietlevens bie sien Arbeit noch nich beleevt. He kunn 's abends sien Opdraggeber bloß den Balg un Stroh un Kartuffeln wiesen, keen Gramm Fleesch wör to finnen.

O, wat wör de Hambörger nu füünsch un schafuter böös los, oh, wat het he sik teiert. He greep foorns nan Telefon un bölk dor rin, dat de Maler an'n annern End keen Woort verstünn. Nu wör Holland in Not! De Maler höör bloß jümmer dat ene Wort: „Keen eenzigen Opdrag mehr!"

Jan Putt wör wenensmoot, wie kunn sowat angahn? Wie kunn he dat woller goot maken? Wer wör em so ton Wraak ween? Klor, dat he an dat Haseneten bi den Weertsmann Gerd Laub dach un dissen Utbunt uck in'n Verdacht har, dat de em dissen Streich spält har. Dorüm kreeg Jan Putt den Weertsmann vört Brett, aber de lach sik kringelich un bär so, as wenn he von nix wat af wüss. In disse Saak wull Gerd doch nich alleen de buukte Hund ween, dat har doch uck nich s o aflopen schullt. De Weertsmann wör dor nich goot bi toweg. Un he rööp gau'n Jäger, den Beerkutscher Kalle un den Bauingenieur Willi Tillich to Hülp. Se müssen dat woller liek un rech maken un den vergrillten Hambörger begöschen. Se hebbt denn stanteped mit ielige Post 'n goden Hasen na Hamborg schickt, un se hebbt dor sogor'n korten Breef bipackt: „Wi wünscht Se goden Hunger, wi sünd son poor Luusangels von de Oost, de geern mal wat utfreet, aber disse Spaaß is inne Büx gahn. De Maler het von disse Winkeltöög nix weten un is ganz un gor unschullig!" So kööm dat, dat Jan Putt un sien Lüüd wieterhin jeden Dag mit'n Farvputt un'n Wittjerquast na Hamborg düsen kunnen.

De Bauingenieur Willi Tillich beköör dat aber uck, dat dat lichsinnig ween wör, son feinen Braden anne Straatsiet hintohingen, wo denn eener nich an vörbie kieken kunn un dor hinlangt har.

„Nä", prahl he, „ik bün klöker, ik heff mi to Wiehnachten uck son feinen Wüppsteert sichert, aber den heff ik inne Garasch ophungen, wo den nüms süht, un dor weet uck nüms wat von af!"

Nu kunnen de Weertsmann Gerd un de Beerkutscher Kalle woller nich in heiler Huut leben, jüm steek de Habern. Se knippögen sik to, un Kalle wüss foorns, wat he to doon har. Dat duur nix, dor hüng dat Deert nich mehr, nä, do leeg disse Meister Lampe bien Weertsmann inne Köök un wör ton Braden fertig maakt. Al keken se dorbie to, un Willi Tillich meen sogor: „Nä, wer dissen Hasen schaten het, den schull man den Jagdschien afnehmen, de is jo total kaputt schaten. Mien Haas, de dor bi mi inne Ga-

rasch hingt un op Wiehnachten töövt, de het bloß'n poor Schrootkörner innen Buuk, dor hebb ik glieks na keken."
De Mannslüüd harn all bannig dat Lei ünnern Steert, as de Weertsfroo Christel jüm dat feine Wildbret vörsetten dä. Nu smeck jüm dat al besonners goot, denn uck Willi Tillich güng dat nich anners as den Maler, he wüss nich, dat uck he in dissen Ogenblick sien egen Braden verspiesen dä.

As Gerd un Kalle nu beten woller utnüchtert wörn, marken se öd, dat se woller inne Bedrullje wörn. Wat harn se bloß anricht! Wat suur dor nu woller bi rut?

Willi Tillich har nämlich bannig veel to sägen, denn he wör von'n Staat as Ingenieur insett. De Knüppel leeg nu woller bien Hund, denn disse gode Mann kunn jüm masse Steenen vör de Fööt smieten. Wat har de Stadtrat, wo uck de Weertsmann un de Jäger tohöörn, doch noch soveel schöne Pläne! Se wulln ehr littje Stadt nu na den Krieg bestens woller opboun. Jedereen schull sik dor wohlföhln un dor geern wohnen. Mitünner kunn aber de Ingenieur Willi ganz schön füünsch weern un een Bullerballer ween, de jüm allns tonichte maken kunn. Jüm bleev nix anners över, se müssen dat afluurn.

As Willi nu von sien Froo Erna na Huus kutschiert worn wör, do duur dat nix, un bien Weertsmann pingel de Klöterkasten – oh, dat bedüür nix Godes!.
Obschoons se al bannig kopplastig wörn, wörn se nu miteens woller ganz nüchtern. Schulln se nu ehrn Lex kriegen?
Aber se kennen Willi Tillich slech, he wies Humor un fröög: „Segg mal, künnt doot schatene Hasen noch weglopen? Bi mi is dit Wunner passeert!"
Den Weertsmann, den Beerkutscher un sogor den Jäger plumps een Steen von'n Harten, un se wörn heilfroh. Se harn ehrn Vörwiehnachtsspaaß hat un röpen un jubeln luut int Telefon: „Ja, Willi, son Wunner kannt geben, denn dor passeert masse Dinge twüschen Himmel un Eer, de man nich erklärn kann."

In'n April schicken

In de ersten Johrn na den slimmen Krieg geev dat hier noch jümmer nix oder bloß dat Nödigste ton Överleben. Dat allerbeste wör allns, wat ut Amerika oder Ingland kööm, ob dat de goden Maxwell-Kaffeebohnen wörn, de Camel Zigaretten, de Luxor Seep oder Kaugummi un Schokolade, de de düütschen Kinner von de Inglänners kregen. De meisten Soldaten von us inglische Besatzung wörn Kinnerfrünnen un harn ehr helle Freide dor an, wenn se de Litten beten tostekcn kunnen. Also wör in de Kinner ehr Ogen allns dat, wat inglisch heet, dat Beste.

To damaliger Tiet werd aber nu bilitten de Gebäuden, de in'n Krieg afbrennt sünd, woller opboot. De Lüüd kriegt Moot un kickt na vörn un packt an. Se wüllt de trorige Tiet achter sik laten un woller vergnöögt ween un neit anfangen.

Nu is dat jüst an'n ersten April, as de littje süssjährige Jan tokieken deit, as in sien Dörp een neie Fachwarkschüün richt ward. Jan is man litt un spiddelig, „he kann vör Klookheit nich wassen"; seggt de Nabers, weil he fragt un fragt un jümmer mehr weten will. He steiht dor nu, beide Hannen bit an de Ellbogen deep inne Büxentaschen un kickt to. De Timmermann, wat uck sien Kosenk is, de maracht sik af un will een'n dicken, sworen Stänner ganz liek hinstellen. De Handwarker schient sien Saak nich goot to verstahn, mal stellt he dat swore Hult to wiet na rechts un denn woller to wiet na links, denn to wiet na binnen oder to wiet na buten, nix is richtig. He knippt mal dat een Oog to un denn pliert he mal mit dat annere Oog, aber he kriggt dat nich trech. Dat de Timmermann een Sluck hemmen will, de Bauherr schall endlich mal Zielwater utgeben, dat kann Jan nich ahnen. De littje Bucker steiht dor, knippt jüstso as sien Kosenk mal dat eene Oog to un denn knippöögt he mal mit dat annere. Sogor sien Tungen maakt dat Spellwark mit, aber hülpen kann he sien Kosenk nich, un dat deit em bannig leed.

Miteens ward de Timmermann em wies un süht, dat de littje Schietbüdel dor rümsteiht, wo wegen de Gefohr keen Kinner hinhöört. He kummt ganz dicht na em ran un flüstert em int Ohr:
„Jan, gah doch mal eben na Opa un hool dat inglische Ogenmaat, dat bruuk ik nu."

O, wat is de littje Jan glücklich, dat he hülpen kann, mit sien'n groten, starken Kosenk will he sik doch goot stahn.
In'n Swiensgalopp peest he na Opa hin, he will keen Tiet verleiern.

Opa hullt noch sien Middagsrauh op'n Sofa, is jüst eben beten todööst un is gorne glücklich, dat he stöört ward. „Dat heff ik nich", brammelt Opa bloß kort un füünsch. Un denn snurkt he foorns woller wieter.

Den Timmermann het dat veel to gau gahn, em passt dat nich, dat de littje Pööks all woller dor is, bi de gefährliche Arbeit künnt se den „Stah-innen-Weg" nicht bruken. Nu bärt de Meister Fritz so, as wenn he bannig nadinkt un schickt em wieter:
„Jan, frag den Smitt, Unkel Hemmann, de het dat inglische Ogenmaat lehnt un nich wollerbröcht, de schall di dat mitgeben."

Jan neit los, nimmt sien flinken Been inne Hand un schecht na de Warksteer von den Smitt. Hier is aber bloß de Gesell togangen, de steiht an dat hitte Füür, het dat ganz hill un röppt em to:

„Gah na usen Naber, den Putzbüdel Unkel Erich, de wull dat bruken, weil he den Pastorn de Hoor sniern schull un he wüss, dat de Pastor jümmer so püttjerig un genau is. Dor gah man hin, de Pastor is wollsachs sien Hoor all los, un denn gifft he di dat inglische Ogenmaat mit."

De Putzbüdel will sik binah dootlachen, aber he vertellt Jan denn doch:
„Du, dat inglische Ogenmaat is ganz wat Wichtigs, un dorüm heff ik dat den Fahrradhändler Lüder mitgeben, de het dat lehnt un nich wollerbröcht."

Jan verzagt dor bald bi, wat is dat doch förn Klöterkram, wat sünd dat för Winkeltöög. Jedereen lehnt dat un bringt dat nich woller na Opa hin. Aber weil he een gefälligen Jungen is, will he behülperig ween un peest denn wieter plattbarf, verdwass dör Lüttens Blomengoorn na Unkel Lüder hin. Weil he noch so litt is, haalt he al de ülleren Mannslüüd mit „Unkel" an, dat schickt sik so. He geiht ninne Warksteer, nimmt ganz anstännig sien Mütz af un driggt sien Begehr vör. De Meister, de egentlich een Bullerballer is, maakt een leidig Gesicht un fragt bloß:
„Wer will dat denn bruken, wer mag di sowat an'n Sinnen ween?"
Ehrder as Jan antern kann, seggt de Gesell:
„Ja, Jan, dat kanns du kriegen, dat bruukt wi nu nich mehr, ik pack di dat fein in."

Dat duurt uck nix, do is de Gesell mit'n Karton, den he mit'n Wierndraht todreiht het, woller dor.
„Hier hess du dat inglische Ogenmaat, laat dat nich falln, denn geiht dat keputt"; so gifft he em dat mit op'n Weg.

O, wat mutt de smächtige Jan sik mit de swore Last afeseln. Op den ersten besten Pahl stellt he dat ganz behütjert daal, he mutt sik verpusten, un denn drebelt he wieter. Bit na de Bausteer mutt he noch faken dat Paket daalstelln, sien Arms wird jümmer länger un de Puste jümmer weniger.

„Hier hess du dat inglische Ogenmaat, dat het Knööf köst, aber ik heff dat herkregen."
Den Litten sien Hemd is von'n Sweet messnatt, Jan is aber bannig neischierig un gespannt as son Flitzebogen, wie woll dat inglische Ogenmaat utsüht. Mit'n Knieptangen maakt sien Kosenk dat togedreihte Paket apen, un denn kaamt dor veer swore Teielsteenen vörtüüch.

Den Timmermann deit dat bannig leed. Sowat is he nich vörmoot ween, dat de Handwarkers den litten smächtigen Flasskopp mit sonen sworen Kram dör dat halve Dörp schickt.
„Hier hess du'n kolen Buddel Bruus, den hess du di verdeent."

Jan het dorut lehrt, in sien ganse Leben lett he sik von keeneen wat anschünnen un uck nich woller in'n April schicken.

Disse Gast dröfft nich blieben

Karin is all 'n grote Deern, meent se sülvst von sik, un se het Recht, se geiht in Finkwarder all inne Grundschool. Disse rotbackte Deern is helle un opgeweckt. Se is wie alle kloken Kinner nich sone bequeme Schölerin, as de Schoolmester sik dat mannigmal wünscht.
Karin geiht jede Saak op'n Grund, is'n littje Plätermöhl un nutzt al ehr fief Sinne oder fief Swien, so as de Plattdüütschen dat seggt, bi jede Gelegenheit ut. Se kickt nich bloß grall un klook inne Wilt, nä, se hööört nipp un nau to, wat de Schoolmester so vertellt. Vör all'n Dingen kann se gor nich anners, se mutt alles un jedes anfaten, un se het faken gediegene Grappen in'n Kopp.

In ehr Klassenzimmer staht feine Puttblomen oppe Finsterbank, un denn is dor noch wat, dor het een Käfig mit drollige, witte Müüs sien'n Platz.

De Kinner pleegt de Blomen un natürlich noch leiber de Müüs. Dat Huus von disse lütten Deerten mutt rein hooln weern, un se mööt de possierlichen Winzlinge dat beste Foher geben. De Kinner laat sik dat ümgahn, jeden Dag is annerseen mit de Arbeit anne Reeg.

Eens goden Dags het dat Nachwuchs bi Familie Muus geben, un bald krimmelt un wimmelt dat von littje Müüs in'n Käfig. Karin is hin un weg von disse muntere Familie. Se freit sik, as se endlich anne Reeg is, för dat Wohl in disse Behausung to sorgen. Se nödelt beten rüm un lett sik masse Tiet, denn se het ehrn Plan all in'n Kopp trech.
As al de Kinner un uck de Schoolmester ut de Klasse rut sünd, grippt se to, nimmt sik 'n litt witt Muuskind, stickt dat in ehr Jackentasch un tütt den Reißverschluss to.

To Huus leggt Karin dat winzige Deert in dat weke Bett von ehr Barbie Popp un deckt dat warm to. De Muus schient ganz tofreer to ween un blifft still lingen.
As Karin ehr Vadder laat vonne Arbeit na Huus kummt, will he sien Dochder noch „Gode Nacht“ seggen. Aber wat is dat? Raschelt dor nich wat un huscht dor nich wat nünnern Poppenwagen? De Vadder smitt sik op’n Buuk, un nu troot he sien’n egen Ogen nich. Inne Eck zittert een littje witte Muus un kickt em ganz verbiestert an. De Muus is dat wollsachs to langwielig worn, se is in ehr neie Tohuus op Entdeckungsreis gahn, un dorbi is se sülvst entdeckt worn.
Aber wo kummt de hierher? Toers bärt Karin so, as wenn se von nix wat af weet, aber denn mutt se doch mit de Wohrheit rut.

De Familienrat beslutt nu, dat se dit Muuskind nich behooln wüllt. Disse Gast is nich geheuer, denn Karin ehr Mudder is op’n Disch klattert, dormit ehr dat pelzige Deert bloß nich över ehr Fööt löppt.

Nu ward de Gast noch mit Eten un Drinken goot versorgt un kriggt in’n Karton, de fein mit Hultwull utpolstert is, een rejaligt Notquartier. Disse Kist stellt se in de Badewann’n. Hier kann de unerwünschte Gast ganz komodig de Nacht tobringen un kann jüm uck nich utrieten.

Den annern Mornen reist dat Muuskind op de sülbige Oort un Wies wie dat herkommen is, nämlich inne Jackentasch, woller na sien Heimat.

Wat het Karin, disse vermuckte Deern, doch utöövt, aber disse Saak is ehr bito gahn.
O, wat het aber de littje Muus ehr Geschwister nu veel vertell’n kunnt von de grote, wiete Wilt.

Dat het so ween schullt!

Oma Christel un ehr eenzige Enkelkind Krischan sünd een Kopp un een Oors. De beiden staht as een Wand, för Krischan is Oma de Allerbeste, un bi jedes Ungemaak kummt he eerstmal na Oma, un Oma weet uck faken goden Rat oder se kann em begöschen.

Wenn dat üm de erste Leevde geiht un Krischan Liebeskummer het, dor will se em nich veel raden, obschoons se dor uck wat von versteiht, denn Oma is jo uck mal jung ween un het sowat beleevt. Se is nich as ole Oma oppe Wilt kamen.

Dat Beste is aber, Oma kann Auto föhrn. Un in disse Saak kann se Krischan veel to Willen doon, denn he is eers föfteihn Johr jung un mutt sien Reisen noch mit'n Fohrrad un mit'n Zug afrieten.

Krischan wohnt in een afgelegen Dörp un mutt jeden Dag fief Kilometer mit'n Rad na'n Bahnhoff, un denn geiht mit'n Zug wieter na Oberschool. Bi goot Weer is dat för den Schöler Vergnögen un Sport to glieker Tiet, aber wenn't regent, denn pingelt he faken bi Oma an – wegen dat „Oma Taxi".
Oma freit sik denn un lacht:
„Na kloor, ik föhr di bit na'n Zug, anners büst du doch bit opt Fell dörregent un siss stunnenlang mit dien natten Klamotten oppe Schoolbank, kanns di jo den Dood hooln."
Oma hoolt em denn vör de Döör af un kutschiert em dröög na'n Bahnhoff.

De ole Froo versteiht veel von't Weer, un as se mal woller bi Plasterregen mit em losdüüst, do weet se, dat dor een Abendregen von ward.
„Wi kumms du woller trüch, schall ik di hier woller afhooln?" fragt Oma nu.

„Ja Oma", antert Krischan, dat kann aber angahn, dat de Vadder von mien Kumpel Kuddel praat steiht, un denn nimmt de mi gewiss mit. Ik roop di Klock teihn inne groden Pause an, wenn du mi Klock twölf von'n Bahnhoff afhooln kanns, veel Wöörwark kann ik denn nich maken, ik mutt mi denn kort faten."

As Oma nu so inne Köök togangen is un överleggt, wat se woll för den Jungen kaken kunn, denn hungrig will se em denn nich gahn laten, do dinkt se an sien Lieblingseten, un dat is Pizza. Weil uck se sülvst gern mal italienisch eten mag, beslutt se, dat de beiden denn glieks bien Bahnhoff in de Pizzeria inkehrn wüllt. Dor ward nich bloß de besten Pizzen backt, dat is uck noch een „Nobel-Lokal".

Nu pingelt doch oppe Minut Klock teihn bi Christel de Klöterkasten, un se grippt gau na'n Hörer, denn se weet, dat Krischan dat hill het, allns mutt gau gahn. Ohn veel Heckmeck röppt Oma in dat Telefon:
„Ja, geiht klor, ik bün Klock twölf opp'n Bahnhoff, un denn maakt wi us 'n gemütliche Stunnen in dat piekfeine Lokal un laat us dat goot smecken, bring veel Hunger mit", und dormit fallt de Hörer uck all woller noppe Gabel, denn nu kann nix mehr scheef gahn.

Een Deel weet Christel nu, dat se sik nämlich ganz schick maken mutt. Wenn Krischan mit sien Oma utgeiht, denn schall dat uck wat hermaken. Se dreiht an ehr Hoor noch düchdig rüm, tütt ehr hellblaue Kostüm an, smitt noch 'n Poor elegante Pömps ninnt Auto, denn ton Föhrn döögt de nich, dorto bruukt se ehr oln Treters.

So kummt se dor op'n Bahnhoff as moderne Oma an, de würklich teihn Johr jünger worn is.

Een ganz gräsigen Wind puußt den Bahnstieg langs. Christel hult ehr Frisur fast. Se kickt na Krischan ut, de Zug is all wieter düst, aber keen langen, dünnen Schöler kummt vörtüüch. Se geiht ganz ratlos den zuchigen Bahnstieg ropp un rünner, un jedereen kann sehn, dat se een söcht, den se afhooln will. Hoffentlich het he inne School keen Arger hat un het sik amennen noch mit'n Schoolmester vertöörnt! Och, wat kann se sowat öberhaupt dinken, Krischan is'n fliedigen Schöler un uck'n Klookschieter. Schull se to laat kamen ween oder de Zug to fröh? Schull se em verfehlt hemmen? Wie kummt he bi dit unaschte Weer na Huus? As se dor noch so nadinkern un verlaten op'n Bahnstieg steiht, kummt opmal een staatschen Mannskerl, de een litten Reiskuffer driggt, op ehr to, nimmt sien Hoot af un fragt ehr ganz fründlich: „Suchen Sie mich?"

Christel verfehrt sik, kickt den Kerl ganz verstöört an un mustert em von baben bit ünnen. Se kennt em nich, he is ganz vörnehm antagen, sien Hoor het he nich opp'n Kopp, de driggt he in'n Gesicht. Nu mutt Christel aber doch lachen:
„Nä-nä, ick söök mien Enkelkind, wi hebbt tohopen telefoniert un afmaakt, dat wi us hier Klock twölf dreept."
„Dat is doch gediegen", seggt de frömde Minsch opmal op plattdüütsch, „mi het in'n Klöterkasten een Froonsstimmen vertellt, dat se mi hier üm disse Klockentiet afhooln will un mit mi een Pizza vertehrn müch."
Nu is Christel ganz still un nadinkern, sowat is se nich vermoot ween.

Wat se nich weten kann, is, dat disse Herr Klock teihn sien Handy vörtüüch kregen het un een Taxi ropen wull. He maark eers, dat he sik verwählt het, as een Froonsminsch em vertellt, dat se em Klock twölf afhooln un mit em in een Pizzeria gahn will. He verzicht op de Taxe, sett sik in dat Bahnhofsrestaurant un töövt bi een Tass Kaffee, he is neischierig, wer woll so nett to em ween will.

He is to een Klassendrepen inladt, jüst in dat Dörp, wo Christel ehr Heimat is, so een komischen Tofall!

Se maakt sik miteenanner bekannt, un Christel un Georg (so heet de nette Herr) weerd nu wies, dat se sik as Kinner kennt hebbt.

„Natürlich wüllt wi Pizza eten, so as du dat plaant hes, ik ladt di in", sleit Georg nu vör.

So is na dat leckere Eten noch een langen, gemütlichen Klönnamiddag achteran kamen. Se vertellt un vertellt, wie dat so opt Üller is. Wenn de Fööt nich mehr so goot vörwarts gahn künnt, denn loopt de Gedanken trüch. Beide hebbt se keen Partner mehr, sünd nu woller alleen un eensam.

So ward nu ut dissen Tofall, dat Georg op sien Handy de verkehrten Zahlen drückt het, een glücklichen gemeinsamen Lebensabschnitt. Se dankt den, de den Slötel ton Paradies to verwalten het, för soveel Glück, denn dat is doch keen Tofall ween, dat het doch so ween schullt.

De besonnere Zuppenläpel

Rentnerslüüd, de noch rech gesund un fidel sünd, de möögt geern verreisen. An leefsten juckelt se mit'n Bus dör de Gegend, denn in'n Köppel maakt jüm dat veel Spaaß, weil se to Huus meisttiets nich veel Lüüd üm sik hebbt.
Nu is dat mal woller so wiet, dat is Sommer, un Martin Pastor ut de Karkengemeen Karkhusen het för den Seniorenkreis een Reis utklookt. Dat is jümmer wat Besonners, mal föhrt se anne See un laat sik den frischen Wind ümme Nääs pusten, un een anner Mal reist se in de Bargen, aber bargopp un bargdaal lopen, dat is uck nich jeden inne Mütz. Ditmal wüllt se dat gemütlich angahn laten un sik de Lüneburger Heide ankieken, un dat schall een ganse Week duurn.
Se hebbt Glück hat un een Hotel funnen, wo se den Eetsaal ganz för sik alleen hebbt. Dat Tafeln inne Gemeenschaft is natürlich woller een von de Hauptsaken. De Lüüd, de disse Week geneten wüllt, sünd egentlich bloß Buurn un Handwarkers, de swore Arbeit gewinnt sünd un fröher faken düchdig wuracken müssen. Se bruken jeden Dag bannig veel Muskelkraft,un dat heet, se müssen uck jümmer düchdig wat eten.

So deftig spiest se nu uck op disse Reis, wo se jeden Dag dat beste Eten, son „Dree-Gang-Menü“ vörgesett kriegt. För de Froonslüüd is dat ganz wat Besonners, sowat kennt se nich, bloß de Fööt ünnern Disch steken, nich sülvst kaken, allns is fix un fertig, so smeck dat allerbest, un se langt nu goot to.

Dat is aber doch gediegen, de Pastor is jümmer glieks fertig. He füllt sik een Sleefvull Zuppen in, läpelt de ut, un denn mutt he langen op dat Hauptgericht töben, denn sien Lüüd möögt geern wat eten un laat sik uck den tweten Teller Zupp smecken. Den Pastor sien Froo Ilse lett sik masse Tiet bi de Mahltiet, un so fallt dat wieter nich op, dat se uck man wenig to sik nimmt.

Aber dat is jeden Dag dat sülbige Spellwark. De Pastor het in'n Null-Komma-Nix sien beten Zuppen to Lief, un denn sitt he rüm un ähldankt. Aber to disse Gruppe höört jo noch de Busfohrer Hein, de jüm jeden Namiddag eenerwärts hinkutschiert, dat se recht veel von de wunnerbare Heidelandschaft seht. Ja, un dat is so:
Hein mag uck geern twee Teller Zupp eten, un he maarkt, dat de Lüüd dat nich mehr so rech doon möögt un sik mit een Teller Zupp tofreer geben wüllt. Se dinkt wollsachs, dat dat utverschaamt utsüht un sik nich schickt. Aber Hein het in sien lange Deensttiet all masse beleevt, he weet uck hier, wat to doon is, un he begöscht sien Fohrgäste:
„Laat mi man maken, wi wüllt em woll bikamen, ji schüllt jou wunnern, dausendweg! Laat mi man gewährn, ik krieg dor'n Dreih an!"
Inne Köök fragt Hein de Kööksch, ob he woll den grüttsten Gemüseläpel mal eben lehnen kann. Dissen öberut groten Läpel mit den langen Steel, de bien Gemüse Infülln sien Deensten doon schall, den verstickt Hein ünner sien Jack un nimmt den so mit in'n Eetsaal rin. As de Pastor nu woller mit sien een Teller Zupp toschick is, kickt Hein, disse Utbunt, ut'n Finster un deit so, as wenn dor buten wat Lustigs passeert. De Pastor is uck neischierig un wohrt sien Kieken. Hein, de blangen den Pastor sitt, vertuuscht nu gau den Pastorn sien Zuppenläpel mit den groten Gemüseläpel, wo de Pastor nix von ahnen deit. Nu steiht Hein von sien Stohl op un röppt:
„Lüüd, Lüüd, kiekt mal her", un dormit nimmt he den langen Läpel, de nu blangen den Pastorn sien Teller liggt, inne Hand un hullt den inne Hööch, „mit disse Ballastschüffel neit de Pastor de Zuppen rin, dorüm is he jümmer so gau fertig."
Wat hebbt de Reiselustigen sik nu an'n Disch een höögt, un uck de Pastor un sien Froo Ilse hebbt sik kringelich lacht. Nu kann jedereen wieterhin so veel eten as he müch.

Op de rechte Spoor blieben

Ik bün von mien netten Arbeitskollegen na Hamborg ton Spargeleten inladt worn. Is jo een feine Saak, mi löppt dat Water in'n Mund tohopen, wenn ik dor bloß an dink. Ik mag to un to geern Spargel, de Saison is veel to kort, un dorüm kaak ik to Huus in disse Tiet mindestens tweemal de Week den zorten Spargel. De schall doch uck gesund ween, ward seggt; ob't stimmt? Naja, ik bün hin un weg – „Spargel mit Schinken" – wo schön dat klingt!

Aber wie meist jede Saak, het uck disse Saak 'n Haken. Worüm mutt dat in Hamborg ween, dor wasst doch de Spargel gorne, de Hambörger ehr Spieskamer is doch in Veerlannen. Den Spargel harn wi doch uck jüst so goot in mien'n Heimatort Finkwarder eten kunnt, denn har ik mit'n Auto nich na Hamborg hinjuckeln bruukt. Dat is nämlich de Haken. Ik kutschier geern mit'n Auto rüm, dat maakt mi Spaß, aber in disse grode Stadt rümbiestern un von de een Spoor op de annere wesseln, dat is mi nich inne Mütz, ik will un kann dor nich hintiern. So is dat: „"Wenn't mal Zuppen regent, dennso fehlt de Läpel."

Aber viellich kann mien Mann ditmal mien Chauffeur ween?
„Och", seggt he, „Karin, du föhrst so sicher Auto, du packst dat. Ik heff doch mien'n Skat-Abend un bün mit ‚Eten utgeben' anne Reeg, ik drööf nich fehln, denn meent mien Kollegen, dat ik nich von dat Gild af mag. Du kannst doch man jümmer op de rechte Spoor blieben un öberhoolst keeneen, denn bruuks du 'n beten längere Fohrtiet, aber kumms ohn Nervengedusel an't Ziel. Du bruuks den Kopp nich hingen laten, denn överall in'n Leben find't wi Hakens, aber wi bruukt dor nix an op to hangen."

Na, dat schient 'n goden Ratslag to ween, un ik will mi mit gesteilte Hoor, feinen swarten Samtrock un mien beste rode Rüschenbluus op'n Weg maken. Mien Auto strakel ik noch mal, un do seggt dat Fohrtüüch doch glattweg to mi: „Karin, wat dinkst du, wull du so mit mi na Stadt? Du büst so schnieke, aber kiek mi an, mags du so mit mi los?"

Kloor doch, dat Auto schall noch gau dör de Waschanlaag, un denn mutt dat aber goot ween. Von binnen is dat Fohrtüüch pieksauber. Un denn stieg ik endlich woller in un sett mi fein an't Stüür.

Nu wiest de Nadel op't Armaturenbrett aber an, dat dat Auto noch masse Kraftfoher bruukt för den Weg dorhin. Also geiht noch mal masse Tiet hin, un denn geiht endlich los. Doch bums bün ik in'n ersten Stau. Dat geiht nich vörwarts, is Fierabendverkehr. Ik weer bilitten hiddelig, fang an to rückorsen un snack bi mi sülben:
„Geduld-Geduld, Karin, dien Kollegen töövt bestimmt un fangt mit de gemütliche Eteree nich ohnen di an."

De Ampel ganz wiet vörn springt von Rot op Gröön, aber eers bi dat drütte Mal Gröön kaam ik mit een Pulk mit. Bi de tweete Ampel is dat jüstso. Schall ik doch mal op de linke Spoor wesseln? He watt, dat riskier ik nich, viellich mutt ik denn uck links afbögen, un denn verbiester ik mi. Na, ik kaam doch langsam vöran, de rechte Spoor is de rechte Padd, dat seggt all dat Woort. Oh-oh, all woller Rot! Meinzeit, man betahlt so veel Stüürn för't Auto un kummt to Foot binnah gauer an't Ziel as mit'n Motor un masse PS. Ton Glück holt nich veel Autos vör mi, un de Kuddelee mutt ja woll öd wieter gahn. Nanu, dat Lichtsignal springt op Gröön, un keen Auto föhrt los, un denn is uck all woller Rot. De erste Kutscher achter den farbigen Wiespahl de is wollsachs todööst un ählldankt, he ward de gröne Ampel gorne wies un kummt dorüm nich ut'n Jahn. Viellich streikt aber sien Motor, denn ward dat aber glieks een Huupkonzert geben. De Ampel ward gröön, nüms zuckelt los, keeneen mag den glücklichen Drömer stöörn, aber ik, ik bün bilitten füünsch. Ik drück op de lude Huup un laat nich woller los. Nix röögt sik. Ik stieg ut un will den Fohrer to Kleed, ik loop na dat erste Auto un will den Peijatz mal de Leviten lesen, denn achter mi hullt uck all ne grode Luxuslimosine still. Aber dat Auto dor vörn is herrenlos, nüms sitt dor in, un in all de annern Fohrtüüch sitt uck nüms.

Oh Schreck, ik stah mit mien Auto fein op'n Parkstriepen, de dor jüst anfungen is. Wat'n Wunner, dat sik nix bewegt op den rechten Striepen.
Mien Frünnen harn all 'n tietlang op mi luurt, as ik dor denn endlich opdükern dä. „Von ewige Staus"; heff ik denn wat herbrammelt.

Dat weet ik gans gewiss

Oh, wat is dat hier doch bunt un schön un lebendig, ik bün in een Blomengeschäft. Hier hool ik mi gern mal'n Ogenblick länger op un tööv geduldig, bit ik anne Reeg bün. Mitünner staht dor uck noch Rosen, un de söte Geruch tütt mi inne Nääs. Nu is jüst een Blomenbinnerin dormit togangen un schostert een feinen Rükebusch tohopen: hier noch'n poor orange Gerbera, bunte Fresien, gele Osterglocken un dor noch'n beten Grööns, un dat Meisterstück is fertig, een allerbesten Vörjohrsstruuk. Wer sik woll doröber frein dröfft?

Dat Ehepoor Johann un Martha, de dit Gebinde betahlt, kenn ik ganz goot, se sünd ut us Naberdörp, un ik waag dat, to fragen, wern se woll dormit beglücken wüllt.
„Ja", seggt de denn, „du büst dat richtig vermoot, wi wüllt den leider nich sülvst behooln, wi wüllt den ton süsstigsten Geburtsdag verschinken, dorüm dröfft de uck wat mehr kösten. Wenn jechens eener nullt, denn geevt wi mehr ut, denn köst dat mal'n groden Gildschien, denn son Dag is wat Besonners. An eenen gewöhnlichen Geburtsdag is uck jümmer ‚Tag der offenen Tür', aber denn gaht wi bloß ton Gratuliern hin. Vondag, den sövten April, is Jan Timmermann anne Reeg, op Dag un Datum ward he vondag süsstig Johr olt."
„Ja, so is dat, man ward doch jümmer to froh olt un to laat klook", un so dink ik in'n Stillen an mi sülvst, dat ik tokern Johr uck mit de „Süsstig" all sowiet bün. De Tiet de rennt, un wi mööt mit.
„ Dat is doch gediegen", so snack ik luut mit mi sülvst, ik kenn uck een Jan Timmermann, de an'n sövten April Geburtsdag het, aber de is eers negenunföftig Johr olt. "
Nu ward uck dat Ehepoor ganz nadinkern :
„Schüllt wi us viellich versehn hemmen, snackt wi viellich von den eenunsülbigen Jubilar? Snacks du uck von Jan ut Karkhusen?"

„Genau so is dat", geev ik jüm recht, „ik weet dat noch so, as wenn dat güstern ween is. Jan is een Sünndagskind, un ik kööm dor jüst mit Peer un Wagen an vörbi, as de Äbä em dor aflevern dä, denn Jan sien Geburtshuus liggt direkt anne Hauptstraat. Dat wör nich dat beste Weer, Sünnenschien un Hagel wesseln sik af, dat wör lusig koolt, son richtigt Aprilweer. Ik wör jo warm inpackt, har woll'n feinen Festdagsstaat an, een witt, langt Kleed mit masse Rüschen un Spitzen, aber uck'n dicke warme Wullmütz un Handschen, un wör in'n dicke Wulldeken indreiht. Ik har nix to klagen, aber Jan, de kööm jo naakt oppe Wilt, he bölk as nix Godes, dat wör buten luut to höörn."

De beiden Gratulanten staht dor mit den sworen Rükebusch un glöövt mi woll nich. Se maakt een Gesicht, as wenn jüm eener wat von'n Peerd vertellt, un se lacht un seggt:
„Dat kann gorne angahn, wat du us vertells, so oolt büst du doch noch gorne. Du bind's us een op, du kanns dor domols nich mit'n Gespann föhrt hemmen, dat kanns du een vertelln, de keen Knööp anne Büx het, dor künnt wi bloß öber lachen."
Nu mutt ik de Saak opklärn un vertell jüm:
„Nä, ik heff nich seggt, dat ik dat Lei inne Hand har, ik heff mi natürlich föhrn laten. Mien Vadder har anspannt, un al mien fief Paten seten uck op'n Kletschwagen un passen goot för mi op. Oma har mi oppen Schoot, ik schull inne Karken döfft weern, wi wulln mien Kinnerbeer fiern. Ik har Glück hat, de Äbä har mi all vör dree Weken in'n März, bi dat beste Heidehauer Weer, ut'n Bullensee fischt. Dorüm har ik gorkeen Ursaak ton Blaarn. Allns wör bestens, uck inne Karken. De Seelenschäper har dat Water beten anwarmt, un de Paten – Vallern hebbt se de damals nöömt – hebbt den Zuckerplünnen gorne bruukt.

Op'n Trüchweg kömen wi woller bi Jan Timmermann vörbi, un wahraftig, Jan, disse Blarbüx, bölk noch jümmer un spaddel dor op'n Disch rüm as son Fisch op'n Drögen, em het wollsachs dat gräsige Aprilweer nich passt.

Ja, un Jan Timmermann den heff ik eers woller to sehn kregen, as wi na Konfirmandenstunnen güngen. Dat he so inne Höch schaten wör, dat bün ik nich vermoot ween, ik har em binah nich woller kennt. Ik weet aber ganz gewiss, dat Jan vandaag negenunföftig Johr olt worn is."

So is dat denn kamen, dat Jan all een Johr för sien süsstigsten Geburtsdag den allerbesten Rükebusch kreeg.

Sprit för dat Füürwehrauto

De freewillige Füürwehr is doch in jedes Dörp bannig wichtig. Opstünns brennt woll de Hüüs un Schünens nich mehr so gau daal as vör hunnert Johr. Damals wör jedes Huus, jede Schuppen oder Warksteer mit Stroh oder Reet afdeckt, un wo dat brenn, dor künn de Füürwehr meisttiets bloß noch de Naberhüüs vör Schaden bewohrn. Aber vondaag bruukt wi de Füürwehr noch jüstso nödig; mitünner mutt disse Vereen sogar bi swore Unfälle hülpen.

In Bollenhusen, een Naberdörp von Karkhusen, gifft dat keen freewillige Füürwehr mehr, nüms wull dor Ortsbrandmeister weern, un as Füürwehrmann wull uck kuum noch een ehrenamtlich to Verfügung stahn, al hebbt se den Kopp uttagen. Dat heet nu aber uck, dat keen Füürwehrball mehr fiert ward, een Utflug mit'n Bus find't uck nich mehr statt, un de gemütliche Kaffeenamiddag in'n Winter för de Senioren fallt uck in't Water. Dat is schannewert un nich goot für de Dörpsgemeenschaft.

In Karkhusen hebbt se dorvon lehrt, un de Füürwehrhauptmann kummt sik besonners veel mit de jungen Lüüd üm. He föhrt mal hier un dor to een Übung mit jüm hin. Se kiekt sik in de annern Dörper mal dat Hanteiern an, un denn dröfft mal de een un'n annermal 'n poor annere junge Lüüd mit dat grode Auto mitföhrn. Dor maakt sogor 'n poor Deerns mit, de sik düchdig för de Technik interessiert. Dat dat nu beten mehr Spritgild köst, dat is kloor, aber dat is hier goot anleggt, denn dorüm het de Füürwehr hier veel Nachwuchs.

In Karkhusen is een neiten Bürgermeister in't Amt kamen, un jedereen weet, dat de neie Besen eerstmal goot fegt, dat is in Karkhusen nich anners.

As de Füürwehrlüüd mal bien Rathaus togangen sünd, do ward de Bürgermeister den Füürwehrhauptmann wies, den he besonners op'n Kieker het. Nu is dat Tiet, he will em bie'n Kanthaken nehmen, un he schafutert ut dat opene Finster rut: „Du Hein, ik kiek hier jüst de Afreken von dat letzte Maand na, ji hebbt bannig veel Benzin verbruukt! Ji kutschiert woll veel to veel mit dat Füürwehrauto dör de Gegend. Ik kann mi anners nich vörstelln, wo ji mit dat veele Benzin blievt!"

Dor har Hein jo nu nich mit reekt, nüms von jüm suppt Benzin, un ünnern Nägel reben hebbt se sik den Sprit uck nich. Wat schall de Fraag von den Queeskopp?

Dausendweg! Nu is de Buck fett. Klaus, de Bürgermeister, schall sienen Lex kriegen, denn Hein is nich op'n Mund fulln. He stellt sik breetbeenig hin, smitt den Kopp in'n Nacken, beide Hannen het he oppe Hüften, un dorbi kiekt de Dumens na vörn, un denn antert he ganz luut:
„Nix för Ungoot, Klaus, dat will ik di mal seggen: Not kennt keen Gebot, un wenn wi denn eenerwegs na't Füür ropen weerd un een Huus oder Schüün brennt, un dat is noch nich richtig in'n Gang, weil wi to gau kamen sünd, denn pülscht wi dor eerstmal bannig veel Benzin röber, dat dat düchdig brennt, un denn hebbt wi ornlich wat to löschen. So, Klaus, nu wees du Bescheed, wo wi mit dat veele Benzin blievt."

To jeden Putt passt'n Deckel

Keeneen kann dat begriepen, jedereen het jüm doch all vörn Altar sehn. Nä uck doch, disse beiden jungen Lüüd, Jan un Gisela, wat harn de goot tohopen passt. Jan, de grote, stävige Kerl mit sien feinen lockigen Hoor, un Gisela, binah jüstso groot, nich gans, aber wenn se Schoh mit hoge Hacken driggt, kann se in sien blauen Ogen kieken. Een Figur het se, jede Centimeter an ehr is smuck un schön. Ja, disse beiden, dat is een Poor wie ut'n Modekatalog.

Uck de Üllern von beiden Sieten, de sik all von Ji un Jo her kennt un tohopen gästereiert, freit sik un seht woll all ehr litten Enkelkinner öbern Hoff lopen.

Aber de Minschen dinkt sik wat ut, un denn stüürt de Herrgott dat ganz anners.

De beiden hebbt woll masse Feste tohopen fiert un faken op'n Danzsaal 'n flotten „Bohnenputt" oder 'n „Rheinländer" hinleggt, aber een Poor wüllt se nich weern. Se laat sik von keeneen tohopen schünnen, dor hülpt keen Hissen un keen Locken. Beide hebbt ehrn egen Kopp. Jan söcht sik een ganse Littje, de em jüst so eben öbern Buuknabel reckt, un Gisela tiert weg na Stadt un geiht in ehrn Beruf op.

O, wat hebbt de Lüüd in'n Dörp sik dat Muul terreten, nüms kunn dat begriepen.

Uck Bäckers Ilse kann dor nich öber weg kamen:
„Nä uck doch, dat is doch schannewert, wat har Gisela woll för niedliche Kinner kregen und viellich sogor'n halvt Dutzend dorvon."
„Segg doch sowat nich", wiest ehr Kerl ehr trech, „to jeden Putt passt'n Deckel, dor kann een sik in'n Kopp setten, wat he will. Wenn dat nich de richtige Deckel is, denn geiht de Reknung nich op. Dink doch mal an use Biggi, de feine Colli Daam, de wull sik uck ehrn Brögam sülvst söken."
Ja, un dat stimmt; as Biggi söben Johr olt is, do müchen Herrchen un Frauchen geern, dat se noch mal jungt. As se denn löppt (läufig ist), bringt se för ehr den besten „Collie-Hund" as Brögam int Huus. Se harn doch to geern een Kind von Biggi, denn harn se Collie Mudder un Collie Kind. De annern Litten ut de Tucht wull Ilse all utseggen, doch ehr Kerl wohrschoont ehr:
„Tööv mit den Liekentext, bit du een Liek hest, denn in'n Vörut bereken, het de Hund bescheten."
Un dat is goot so, denn de beiden Hunnen bringt ganz friedlich'n poor Dag oppe Deel to, aber de een kehrt sik nich an den annern. Biggi is woll doch to olt för sone Fisemantenten, so meent Ilse dat. „Nä", seggt ehr Kerl, „Biggi, dit Lork, fleit us wat, disse Collie Hund is nich ehr Typ."

Ilse ehr Fründin Herta het een koortbeenigen Dackel Mischling, de heet Bello. Disse Naam passt gor nich to em, denn he hett veel Temperament un jümmer verdullte Streiche in'n Kopp; egentlich har he Max oder Moritz heten müsst.

As Herta mal acht Daag in Urlaub föhern will, do ist dat för Ilse kloor, dat se Bello so langen hegen un plegen will. Veel Arbeit maakt de Gasthund ehr nich, denn Bello, disse Muscheplunt, peest un schecht mit Biggi döörn Grashoff. Se kalvert bannig rüm, jachtert achtereenanner ran, speeroorst rüm un gnappt uck mal to, aber jümmer ut Spaß, Biggi ward woller jung.
De Week geiht hin, Herta holt ehrn Hund woller weg, un nüms dinkt dor wieter öber na.
Aber veer Mand later, as Ilse un ehr Mann von'n Inköpen kaamt un öbere Deel gaht, do höört se een Gequieke un Gejaule. Wat is los?
Ja, wat woll, Biggi het jungt, un twölf littje Hunnen krabbelt dor rüm. L i t t j e – von wegen! Wat het de Mischlingsdackel doch toweg bröcht! De jungen Hunnen sünd nachher al to grote Collie Hunnen ranwussen, sünd al na de Mudder slecht.

De Nabers hebbt denn ganz neischierig fragt:
„Wie kann dat angahn, wie hebbt ji dat maakt? Hebbt ji dor 'n Lidder anstellt?"
„Nä-nä", seggt Ilses Mann, „disse flotte Mischlingsdackel, dat wör Biggi ehr Typ. Dat is all jümmer so ween: wenn dat harmoniert, is dat liekeväl, wo dat utsüht, denn spält uck de Grütt keen Rull. Un dat maarkt jo: so is dat bi jede Kreatur un eers rech bi de Minschen!"

Mien Fründ, de Buskutscher

Dor schall nüms seggen, dat de Kinner, de plattdüütsch opwussen sünd, nich nachher grote Persönlichkeiten worn sünd.

Ik kenn vele, de nachher studeert hebbt, Professoren, Doktors, Schoolmeesters un sogor Politiker von'n Dörpen un ut de Stadt, de vondaag noch us schöne Heimatspröök snackt.
Mannigeen het mi uck ut sien Kinner- un Jugendtiet vertellt. Dorto täll ik uck den Börgermeister Heinz-Hermann Evers ut Sittens. Uck he snack as Kind in sien Üllernhuus in Langenmoor, een Dörp in'n Düvelsmoor bi Bremen, bloß plattdüütsch. Nachher, as he in Sittens Börgermeister wör, hebbt wi geern mal woller öber de olen Tieden snackt. He wüss noch goot, wie dat fröher op'n Dörpen togahn wör. De een wör op den annern anwiest, un dat Miteenanner mit de Nabers un Dörpslüüd wör groot schreben. Obschoons dat wenig Maschinen geev un de Lüüd de meiste swore Arbeit mit de Hand maken müssen, harn se noch Tiet, mit den annern to snacken oder em totohöörn, wenn de Sorgen em drücken. Telefoniern kunnen bloß de Geschäftslüüd von den eenen na den annern, un een Auto har uck kuum eener.
Aber dat geev all een gode Verbindung, un dat wör de Isenbahn. De Bahnhööf legen meisttiets in de Midde twüschen twee Dörper, un de Footweeg dorhin wörn wiet un beschwerlich. Heinz-Hermann beduur dat denn bannig, as de „Jan Reiners" Bahn twüschen Tarms un Bremen stilllegt wör. Vertellt wör, dat dat so een gemütliche Bahn wör, wo man, wenn de Lok denn na Bremen dampen dä, man ut den ersten Wagen rut springen, sik an'n Bahndamm poor Blomen plücken un denn noch gau in den letzten Wagen woller instiegen kunn.

Aber, wie geseggt, eens goden Dags möök uck „Jan Reiners" sien letzte Fohrt, un de Isenbahn wör dör de Gummibahn – dat wörn Omnibusse – ersett. Heinz-Hermann dinkt wiet trüch, as he as föffteihnjährigen Schöler jeden Dag na Bremen na de högere School föhrt is.

„Wi Jungs", smunzelt he, „hebbt us dor gau an gewöhnt, an de neimodsche Föhrderee. To damaliger Tiet lööp noch'n Anhänger achter de olen Busse achteran. Disse Gespanne brusen mit hunnert Saken öber de löckerigen Straten op'n „Langen Jammer", un wi Jungs seten geern in'n Anhänger. Hier swungsen wi von de een Siet op de annere, un dat wör wie Karussel föhrn op'n Johrmaark, allns för dat sülve Gild. Een Schaffner bruuk man damals uck in de Busse, de müss Fohrkorten verköpen un kontrolliern, un he müss stüürwehr hooln. De Schölers kunnen sik mitünner in ehr Fell nich bargen, jüm steek de Haver, un se harn gediegene Grappen in'n Kopp, un denn kregen se von'n Schaffner een op'n Hoot.
Ik stünn jümmer geern blangen den Fohrer un vertell plattdüütsch mit em. Eens goden Dags duuk dor'n neiten Kutscher op, un ik dach so in mien Sinn: ‚Den kenns du doch!' Kloor, ik har em faken in oolt Arbeitstüüch as Steenkutscher bi de Tarmster Steenfabrik sehn. Nu har Hein, so dröff ik em foorns ansnacken, de swore Arbeit: Steenen opladen un Steenen afladen, vertuuscht gegen saubere Arbeit in'n Bus, de he fein in Slips un Kragen un Uniform achtert Stüür doon kunn."

Heinz-Hermann het bi de Tuscheree vonne Isenbahn op de Busse aber woller Glück hat, sien Haltesteer bleev bie'n Bahnhoff, un he kunn wieterhin blangen de Huusdöör instiegen, jeden Mornen halbig söben. Wenn de Bus denn Tarms achter sik har, kunn de Schöler dat Spannwark von Wieten ut'n Kökenfinster sehn. He slöök noch gau den letzten Rest ut de Kaffeetass rünner, greep na sien Bökertasch un kunn ganz gemütlich losgahn un kööm denn to glieker Tiet mit'n Bus op'n letzten Drücker anne Haltesteer an, aber jümmer jüst fröh noog. Wör mal wat in'n Bus oder Hänger to doon, müss viellich mal'n Luuk oder Finster tomaakt weern, denn wör Heinz-Hermann gefällig, un he het dat geern daan.

„Eenes goden Dags kööm aber mal wat dortwüschen“, so besinnt Heinz-Hermann sik trüch.
„ik leeg s'morgens halbig söben baben inne Dackstuuv noch in mien warme Bett un hóör, dat dor Sand un littje Steenen gegen mien Kammerfinster smeten weerd. Ik jump ut'n Bett un neih mit'n wüterich Gesicht na'n Finster to. Un wat seh ik? O, dat wör ik nich vermoot ween. Dor nernen steiht eener in Uniform. Een Schandarm?

Nä, de Busfohrer, mien Fründ Hein, röppt mi ganz luut, weil he de Meenen is, dat ik verslapen heff. He will mi wecken un noch gau mitnehmen na School. Wat wör dat doch unheimlich nett von em. Dat ik an dissen Dag schoolfree har, dat kunn Hein nich weten. Aber denn frei'n wie us wieterhin jeden annern Dag, dat wi woller tohopen na Bremen hinjuckeln kunnen.

So een wohre Begebenheit kann sik vandaag in us hektische Tiet nüms mehr vörstelln.

Vör een poor Johr, as Hein un ik us in Sittens op'n plattdüütschen Abend drapen hebbt, hebbt wi dor geern an trüch dacht un mannigeen Erinnerung uttuuscht.“

Damenwahl!

All langen het Klaus Otto een Oog op Stina smeten, disse plietsche Deern geiht em nich ut'n Kopp. Mit ehr swatten Hoor un ehr blauen Ogen is se de smuckste Deern in'n Dörp. Dorto het se een Figur wie een Mannequin, een Taille, wo Klaus Otto glattweg so mit sien beiden Hannen rümrecken kann, un slanke Been het se bit anne Eer. Klaus Otto dröömt bloß noch von Stina, aber se weet dor nix von.

Wie schall Klaus Otto dat uck angahn? Sobald he mit Deerns snackt, dann fangt he an to stöttern,de Wöör blievt em in'n Hals besteken, un denn is allns för de Katt. De Deerns gefallt dat nich, se dinkt, dat he jüm veräppeln will un dat nich ehrlich mit jüm meent.

Klaus Otto sien beste Fründ Gerd gifft em 'n goden Rat: „Klaus Otto, höör to, wat ik di segg: Du musst vörher mal'n Sluck drinken, denn ward dien Schüchternheit sik woll geben, du warst wat driester un kanns snacken as son Book."

Klaus Otto weet, dat he sik rögen mutt, denn Hinnerk, Fietje un Hein liggt uck oppe Luur un möögt disse feine Deern liern. Nu mutt he jüm wiesen, dat he jüm öber is.

Bald kummt woller een Gelegenheit, wo al de Lüüd ut'n Dörp tohopen kaamt. Tokern Week is Schützenfest, wo Olt un Jung hingeiht. Dat Fest is so plaant, dat dat all Sünnabend middag anfangt bi den Schützenkönig: „Manfred, de Allmächtige", de mutt denn noch masse spandeiern, wat em swoor aufgeiht, denn he is 'n Pennenschieter. S'abends schall denn de Festball ween, un den annern Mornen mööt de Schützen Karkgang hooln, in Uniform, versteiht sik! Dat is all von Ji un Jo her so ween, dor dröfft denn nüms fehln. Un Sünndag namiddag schüllt denn de Schützen wiesen, wer op best zielen kann, un de ward denn de neie Schützenkönig.

Aber nu an dissen Sünnabend middag het jo eerstmal „Sien Königliche Hoheit“: „Manfred, de Allmächtige“ noch de Regentschaft. In sien Goorn speelt een flotte Marschkapelle un lockt al de Dörpslüüd her. Hier gifft dat Arfenzupp un Freebeer, dat is een Gaudi, al sünd se best in Stimmung, denn Freebeer is dat beste Beer. Allns geiht op den König sien Reken. As dat Fatt denn leerig is, stiggt de hoge Herr mit sien Adjutant un twee Hofdamen in ein feine hochherrschaftliche Kutsche, un dat Schützenvolk un allns, wat Kopp un Been het, marschiert mit Musik achteran.

Dat ward een Ümzug dör dat geputzte Dörp, Blomen un Girlanden ziert de Straten, un de Marsch end’t bi Buur Hulschendick sien festlich geschmückte Koornschüün. Hier ward nu de Schützenball fiert, un hier kriggt de ole König ton letzten Mal sien Ehrendanz.

Uck Klaus Otto is hier to Steer, un he is op sien beste. Sluck un Beer hebbt em in Stimmung bröcht, un he kann snacken as son Afkaat. He het veel Moot un sik glieks bien ersten Danz sien Stina hoolt un swungs mit ehr öbern Saal. Wohr di weg, Stina kriggt ganz rode Backen un kummt binah in’t Sweten. De beiden kaamt goot öbereen, un Klaus Otto lett keen Danz ut, he wirbelt bloß mit disse feine Deern öbern Saal.

Nu is dat anne Tiet, dat he Gerd sien tweten Ratslag befolgen un bi de Musik Damenwahl bestelln mutt, denn sien Fründ het meent, dat Stina denn gorne anners kann, denn mutt se em ophooln, dat schick sik so. Klaus Otto kriggt dat uck trech, he bestickt de Kappelle mit’n poor „ Halve Liters“, un denn wüllt se em den Gefalln doon. Se hebbt op sien’n Wunsch hin em uck den flotten Walzer tosichert; „Nur einmal blüht im Jahr der Mai, nur einmal im Leben die Liebe“. Dissen Text kennt Klaus

Otto, un wenn Stina em ophoolt, denn kann he ehr de feinen Wöör lies in't Ohr singen. Ja, un een Walzer op'n Saal afrüschen, dat kann he op best, beter as Tango, Schieber oder Swing. He vertellt jümmer:
„Eendoont, wat se speelt, ik danz Walzer."

Nu kummt dat dorop an, wat maakt Stina nu? Wer is de Glückliche, wo danzt se mit? Klaus Otto blifft ganz dicht bi ehr un steiht op'n Sprung, se kann em nich öbersehn. As de Musiker nu den Tusch speelt, do kummt Klaus Otto jüm tovör, he hullt sien beiden Hannen so holl as son Sprachrohr vörn Mund un bölkt öbern gansen Saal:

„D a m e n w a h l, D a a a m e n w a h l !"

Un wahraftig, sien Stina kummt op em to, he har ehr woll inne mööt lopen mücht, aber dat schickt sik nich. Nu maakt Stina 'n depen Knicks vör em un seggt dat so, as sik dat höört:
„Darf ich bitten?"
Klaus Otto is hin un weg, dat is de glücklichste Ogenblick in sien Leben. He weet nachher gorne mehr, wat de Musik speelt het, he weet bloß, dat de Danz veel to koort ween is. He geiht nu eerstmal mit sien Dänzerin an'n Tresen, un se drinkt 'n Sekt tohopen. Wieter kann he sik op nix mehr besinnen. He het nämlich dörfiert bit to den annern Mornen un het sik gräsig een ballert.

Aber dat dicke End kummt doch jümmer na. As se em ton Karkgang afhooln wüllt, liggt he noch inne Puuch. Se kriegt em toletz denn doch hoch un sleept em na Karken. Op'n Weg dorhin singt he jüm vör: „Nur einmal im Leben die Liebe", un Liebe, dat Wort singt he besonners luut. Se begöscht em denn, dat he jo stillswiggt inne Karken. Dat schient uck goot to gahn, denn he slöppt oppe Karkenbank foorns to. As de Orgel aber losbrusen deit, do schütt he as son Heek inne Hööch un bölkt dör sien hollen Hannen:

„Damenwahl, Damenwahl!"

De Peerhannel

S'abends, wenn de Lüüd Fierabend harn, dröpen sik de Mannslüüd faken in'n Dörpskrog. De Froonslüüd bleben to Huus, denn jümehr Arbeit nöhm bit Bettgahntiet keen End.

Nu is dat mal woller so wiet, un inne Gaststuuv sitt eenige Gäste: De Melkkutscher, de Veehhändler, twee Jungbuurn un twee Knechte. Dat geiht all vergnöögt to, de Lüüd sünd all beten von'n Kööm anduselt un wüllt egentlich jüst na Huus hinsegeln, as dor 'n poor frömde Gäste opduukt. Dat schienen wilde Kerls to ween, se seht jedenfalls so ut mit ehr gleinigen Ogen, de pickswarten Hoor un den langen opgedreihten swatten Snurrboort.

Vör de Gaststubendöör hebbt se ehr Peer an Stangen anbunnen, de extra dorför bestimmt sünd, wenn Gäste mit Peer un Wagen kaamt. Faken teht Zigeuner dör de Dörper, üm jümehr Peer, de besonners dressiert sünd, to verköpen. Nu smitt eerstmal een von de Zigeuners – dat meenen jedenfalls de Dörpslüüd, dat dat sone Lüüd sünd – een groten Gildschien noppen Tresen un gifft 'n Lokalrunde ut. Mit disse Protzeree wüllt se wiesen, dat se nich arm sünd.

Un denn geiht uck all de Hannelee los. Op een von de Peer, wat een ganz besonnert goot Rietpeerd ween schall, het de Veehhändler dat afsehn. Över den Pries künnt de beiden sik aber nich eenig weern, dat duurt un duurt. Mal seggt de een wat un hullt de opene Hand hin, aber de annere sleit nich in, un'n annermal is de annere dat, de een Gebot maakt.

Do seggt de Veehhändler:
„Wenn du bewiesen kanns, dat disse Hingst een goot Rietpeerd is, denn will ik di een goden Pries dorför geben."
De Zigeuner antert flink un so düütlich, dat jedereen em dat glöben mutt:
„Dit junge Peerd het dat ganse Sommer op de Weide gahn, un jeden Abend het mien twölf-jährige Jung 'n poor Stunnen dor op reden. Dat Deert is lammfromm, son goot Rietpeerd find's du so öd narms."

Nu mild sik de Knecht, den stickt de Habern, un he fragt:
„Wat giffst du ut, wenn ik dormit losrieden do?"
„Nä-nä, dat kummt nich in Fraag", so wohrschoont em een von de Jungbuurn, „laat de Finger von sone Winkeltöög, dat geiht inne Büx. Du hest Froo un Kinner, du dröffs di nich unglücklich maken!"
„He wat", seggt de Knecht, den se al Majewski nöömt, un he smitt sik dorbi inne Böst as son Farken inne Schiet, un prahlt denn:
„Ik bin im Krieg bei die Kavallerie jewese, ik will dem Jaul ohne Zaumzeug und ohne Sattel riede, ik bin schon mit janz

andere Jäule fertig jeworde. Een Buddel Kööm muut dor för mi aber bi affalle!“
„Goot“, seggt de Veehhändler, „wenn us Berliner so verwagen is un mit dit edle Ross hunnert Meter hin un trüch rieden deit, ohn’n rünner to falln, denn schall he von mi den Buddel Kööm kriegen, un de Hannel is perfekt.“

De beiden, de Zigeuner un de Hannelsmann, klappt sik inne Hannen, un nu geiht dat Spektakel los. Al loop se na buten, dann dat is ’n Sommerabend un noch hell buten, un nüms will sik disse „Show“ entgahn laten.

Dat wille Peerd ward losbunnen un Majewski dor rop balanciert. Aber dat Peerd is steersch, smitt de Achterbeen rut un galoppiert mit de Vörbeen inne Luft rüm, un denn probeert de Gaul dat mit de achtersten un smitt de hoch. He will den Rierder afsmieten. Majewski grippt aber so fast inne Mähnen un het wollsachs uck noch ’n annern Trick bi de Hand, dat he op dat Deert besitten blifft, un galoppiert mit em los. Dausendweg! In’n Swiensgalopp geiht dat een’n Sandweg hindaal, un denn is bloß noch ’n düstere Stoffwulken to sehn. „Na, he mutt

jo ümdreihn un jeden Ogenblick woller kamen, denn son twee-hunnert Meter sünd doch ’n Klacks“, dinkt sien Frünnen.

As de Tokiekers dat schier to langen duurt, do gaht se eerstmal woller ninne Weertschaft un vertehrt een. So bilitten ward dat schummeriger, un bald is dat düster. Wo blifft Majewski mit de wille Mähre? Nix is to höörn un to sehn. Wat is passeert?
“Och, ik kenn doch Majewski, maakt jo dor keen Gedanken üm, de is eerstmal mit den Gaul na Huus räden un vertehrt genüsslich sien Abendbrot“, so meent sien Kumpel dat.
„Nä-nä“, meent een Buur, „mi is dat nich mehr geheuer, wi mööt stanteped los un em söken, viellich is he to Mallöör kamen.“
So geiht dat hin un her, de een weet dit un de annere meent wat anners.

As se noch so helleweg ant Diskutiern sünd, do steiht opmal Majewski sien Froo int opene Döörlock. Se süht bannig witt-snabelt ut, kickt ganz gremiterig un lamenteert denn foorns los: „Ich möchte mal wissen, wer meinen Mann auf so einen wilden Jaul jesetzt hat. Vor einer halben Stunde ist er vor meinem Küchenfenster vorbei jaloppiert, jerade als ich Bratkartoffeln für ihn jemacht habe. Der kann was erleben, dieses A....loch, der soll nur kommen, dieser Anjeber! Wo ist er?“
Un dormit knallt se de Döör woller dicht.

Aber nu sünd se al bannig besorgt. Schüllt se den Schandarm anropen? Aber mit sien’n Goggo kummt disse Beamte uck nich wiet un kann em bestimmt nich mehr finnen, denn nu is dat all stickendüster.

Sogor de Melkkutscher dinkt luut na:
„Hult stopp, de het de Gelegenheit wohrnahmen un is mit dat Peerd öbern Deister gahn, denn is dat nich so, kummt disse Majewski nich ut de Ostzone? He is wollsachs ’n Kommunist un ritt mit dat Peerd slankweg in een Törn na sien Heimat.

Al lacht se, bloß den Zigeuner sünd de Petersilien verhagelt, de find't dat gorne lustig, he bangt bloß üm sien Peerd.
De Veehhändler gifft noch een'n dropp:
„Dien edle Ross, dat sühst du dien Leevdag nich woller!"

De einizge, de an dissen Abend Profit maakt, dat is de Weertsmann, denn jedereen müss sien sorgenvollen Gedanken mit Kööm rünner spööln. Klock twölf is Polizeistunnen, un de Weertsmann maakt sien'n Laden dicht.
Den Zigeuner blifft nix anners över, he mutt ohn'n sien'n Hingst na Huus gahn.

Den annern Dag kunn man denn inne Zeitung lesen:

„Ein unbekannter Reiter liegt mit einem Schlüsselbeinbruch im Krankenhaus. Die Polizei hat gegen ihn Ermittlungen aufgenommen. Er hat mit einem Pferd, das noch nicht als vermisst gemeldet wurde, zwei junge Mädchen umgeritten, die von einem Manöverball kamen und deren Tanzkleidung arg beschädigt wurde."

Ob ut den Peerhannel laterhin noch wat worn is, dat is nüms mehr wies worn.

Tante Hanne is neischierig

„Tante Hanne", so nöömt ehr al Lüüd in'n Dörp, un dat gifft uck nich een, de ehr nich kennt. Se is de Melkmetersche bi de Buurn, kummt un geiht reegrund dör dat ganse Dörp, Dag för Dag, sommers un winters, all vele Johrn, un dorüm is se bekannt as son bunten Hund. Al möögt se ehr geern verdrägen, se maakt ehr Arbeit goot un se deit keeneen wat. Bloß een Deil stöört de Lüüd: Se fragt un fragt toveel un gans direkt, so langen, bit se allns weet.

Aber sludern deit se nich, se behult allns bi sik. Bi ehr eentönige Arbeit bruukt se wollsachs Sensationen, wenn sowat denn tatsächlich mal in'n Dörp passeert. Is se denn in de Kohställ un kontrolliert den Fettgehalt von de Melk, denn sünd Ogen un Ohrn allerwärts, ehr entgeiht nix.

Wenn een von de jungen Buurn denn 'n Bruut funnen het, se kriggt dat mit. Wenn junge Ehelüüd sik wat Litts bestellt hebbt, se weet dat as Erste. Is mal jechenswatt mallöört, Tante Hanne maarkt dat, aber se behult dat bi sik.

Dat is de Tiet glieks na neengteihnhunnertfiefunveertig (1945), do dröffen de Buurn för ehrn Eigenbedarf sülvst slachen, so het de Militärregierung dat genehmigt. Een Familie mit twee Kinner dröfft een Swien slachen. Sitt aber veer Kinner mit an'n Disch, denn dröfft disse Buur twee Swien doot maken.

Wenn dat slachte Swien inne Midde dörsaagt is, denn ward dat vör de groten Döör oppe Lidder ophungen, dormit dat utköhlen kann. Ehrder as de Trichinenkieker un de Kontrollöör dat nich visenteiert hebbt, dröfft de Slachter dat nich to leckere Wust verarbeiten.

Tante Hanne lett sik uck dat nich entgahn, se bekickt sik dat dode Swien oppe Lidder. Ehr höögt dat, wenn dat Deert dicken Speck het, denn dormit smeckt de Bratkartuffeln goot.

Bi Hannes-Buur kummt ehr dat Swien aber hülsch gediegen vör, un dat mutt se denBuurn uck foorns vertelln.
De Buur gifft ehr aber wiesen Wind, denn em argert dat, dat se allerwärts rümsnuben deit.
„Tante Hanne", seggt he ganz luut un düütlich un mit Betonung, „wohr du dien Melk un Roohm, us geslachte Swien geiht di nix an. Wi hebbt e e n Swien slacht, un dat drööft wi uck driest doon, denn wi mööt för twee halvwussene Jungs sorgen, de freet us binah dat Stroh ut de Hulschen."

„Och", seggt Tante Hanne denn ganz dröög, „ik wunner mi bloß, dat dat Swien so langen leevt het un so swor un so fett worn is, weil dat doch twee rechte Hälften het un dorbi uck noch unegalen Speck; een Siet het dicken Speck, un an de annere Siet is bloß dünnen, striepten Speck to sehn. Al de annern Swien, de ik bither bekeken heff, harn een rechte un een linke Siet."

Oh, wat is nu de Buur opmal de neischierige Tante Hanne dankbor, dat se so niev hinkeken het.
Inne Iel hebbt se dat in'n Düstern nich mehr passend oppe Reeg kregen. Jüst noch to rechter Tiet, bevör de Kontrollöör un de Trichinenkieker kömen, hebbt se een Hälfte ümtuuscht, un allns het nu sien Richtigkeit. Op'n hangen Hoor har de Obrigkeit dat spitzkregen, un denn harn se jüm bi de Büx hat, un se harn viellich sogor 'n poor Mond sitten müsst.

Aber Not kennt doch keen Gebot, un dorüm kunnen de beiden hungrigen Jungs nu jeden Dag mit'n dickt Lebberwustbrot na School gahn.

Op Hasenjagd

Wat gifft dat doch vele Jagdgeschichten. Ob de al wohr sünd? Hebbt de Jägers dor viellich wat bimaakt? „Das ist Jägerlatein", seggt de Hochdüütschen. Disse Geschichte aber, de schall so wohr ween as dat Amen inne Kark.

De veer Jägers Hinnerk, Jan, Fidi un Cord hebbt sik'n schönen Harstdag utsöcht, as de Sünn dat noch mal goot meen un richtig hoch von'n Heben brenn, do sünd se mit ehr Flint ünnerwegs. Dat Hinnerk dor ditmal woller mit bi is, dat höögt jüm, denn Hinnerk is de Spaßigste von jüm, he het den Humor mit'n Füllläpel eten.
To Huus het he nich veel to mill'n, he ward dor nich tällt. Sien Froo het uck wenig to seggen, sien rüstige Swiegermudder un vör all'n Dingen sien junge Swägerin, disse Ketelflicker, führt dat Regiment. För de Arbeit is een starken Knecht toständig, den Swiegersöhn hebbt se op'n Hoff gorne nödig.
Dorüm föhlt Hinnerk sik besonners wohl, wenn he mit sien Frünnen un sien Flint inne Fildmark rümstebeln kann.

An dissen warmen Harstdag höög dat woll uck de Hasen, un se hebbt veel Pleseer, bi dit rejalige Weer in't Fild rüm to witschen.
Dorüm is de Jägers an dissen Mornen dat Jagdglück hold ween, se hebbt mannigeen Wüppsteert doot schaten.

Nu kriegt se eerstmal ehr Vesperbrot vertüüch. Bi dat Mettwust- un Schinkenbrot un de Kaffeekruken höört aber uck noch'n Buddel kloorn Sluck mit to.
De veer hungrigen Jägers sett sik an'n Weideschuppen daal un maakt sik dat gemütlich. Hinnerk lett glieks de Kaffeekruken in'n Rucksack steken, un dorför drinkt he to sien feine Mettwustbrot bloß sien Kööm. He kann den verdrägen, dat is bi em all son beten to Gewohnheit worn. Aber disse bröddige Hitze un de Swiemeldrank dot ehrn Deil dorto, un dat duurt gorne lan-

gen, do is Hinnerk an de warme Breerwand innickt un snurkt, as wenn he dor Gild för kriggt. He hòört un süht nix mehr.

Sien dree Kumpels künnt nich mehr länger in heiler Huut leben, de Dag is noch nich rüm, un se mööt wat utfreten.
Fidi maakt den Vörslag, dat se Hinnerk opwecken wüllt. Aber wie? Nu geiht dat Verhackstücken los. Jan het de allerbeste Idee, dausenweg! Disse Fisemantenten gefallt jüm al.

Nu gaht se bi un nehmt ut een Haas dat Ingedööm rut un steekt Hinnerk dissen, mit masse Bloot besmeerten, glitschigen Swienkram ünner sien West. Hinnerk, de snurkt un snurkt un ward dor nix von wies. De dree Jägers stellt sik nu oppe annere Siet von'n Schuppen hin un geevt Kommando:
„Achtung, fertig, los!" Un bi l o s ballert se toglieks inne Luft.

Bi dissen gräsig luten Knall verjagt Hinnerk sik, jumpt batz as son Heek inne Hööch, steiht senkrecht, un dat Hasenbloot löppt em man so an'n Buuk hindaal. In dissen Ogenblick is em wollsachs dat Hart inne Büxenbeen rutscht.
Hinnerk kann in Dodesangst bloß noch bölken:
„Mi hebbt se drapen, mi hebbt se drapen, grüßt jüm al!"

„Scheite“ sien Jagdglück

Se nöömt em „Scheite“, weil he ut een annere Gegend kummt un dorüm een annert Plattdüütsch snackt, as dat hier begängig is. He het sien'n Jagdschien mitbröcht un sik hier nu to de Jägers togesellt.
Wenn sik jechenswo wat rögen deit, denn bölkt he bloß jümmer: „Scheite, scheite“, so snackt he sien Platt, de Hochdüütschen harn ropen: „Schieße, schieße!“ Un dorüm het he sien'n Spitznamen weg: „Scheite“.

Scheite sülvst kann dor nix von kriegen, he verpulvert sien gansen Patronen, aber he schütt jümmer blangento.

Aber denn kummt doch mal 'n besonnern Dag, keeneen het wat drapen, bloß Scheite het ditmal Glück hat un kann sik den doden Hasen in'n Rucksack packen. Ob sien Kugel dat würklich ween is, de drapen het, oder ob Cord achtern em stahn het un zielt un afdrückt het? Is allns eendoont, dit Beleevnis mööt se eerstmal begeten. Scheite gifft geern de erste Runde Beer ut un stellt uck noch 'n Buddel kolen Sluck op'n Disch.

Se sünd al vergnöögt, aber denn kann Cord mal woller nich in heiler Huut leben, em stickt de Habern. Cord, disse Sleef, lockt den Weertsmann sien'n dicken Kater un kann em griepen. De is so täsig un lett sik ohn'n veel Heckmeck in Scheite sien'n Rucksack steken. De dode Wüppsteert land't dörför in Cord sien'n Ranzen, un denn hangt Cord beide Rucksäck woller anne Tuppenboort op.

Al dinkt se, dat Cord bloß mal eben na „Tante Meyer“ ween is, üm dat Beer weg to bringen.
„Na, ik weet nich rech“, fragt Cord nu un kickt Scheite ganz nadinkern an, „hest du den Hasen uck würklich richtig drapen oder hest woller bito zielt? Dat wör eben so, as wenn dien Rucksack sik bewegt het.“

Nu sünd se opmal al neischierig worn un wüllt dat sehn. Scheite, den all de Hoor to Barg staht, de ritt sien'n Rucksack apen.
O, wat hebbt se luut lacht, as den Weertsmann sien swatt-witte Kater dor so grall rutspringt.
Cord kloppt Scheite oppe Schuller:
„O, wat von groot Glück för di, Scheite, dat du vörbi schaten hest un dat Deert an'n Leben bleben is."

Wat de Wöör bedüürt

A
Aarn = Ernte
aarnt = geerntet
achteran = hinterher
Achterbeen = Hinterbeine
Äbä = Storch
ähldankt = sinnend, träumend
afgulln = abgegolten
Afkaat = Advokat
afrüschen = gleiten, rutschen
afwohrt = beobachtet, zugeschaut
allerwärts = überall
Allmannsfründ = jedermanns Freund
anduselt = angetrunken
angewichst = schnell hergelaufen
antert = antwortet
Arfenzupp = Erbsensuppe

B
backen = kleben
bär so = tat so
Ballastschüffel = sehr große Schaufel
ballert, een = betrunken
bannig = sehr
bargopp = bergauf
begöschen = beruhigen
behülperig = helfend
beköör = bedauerte, reden
Bettgahnstiet = Schlafenszeit
bito = daneben
blaarn = weinen
blafft, an = anschnauzen, unfreundlich reden
blangento = daneben
bölk = schrie
Böss = Brust
Bohnenputt = Tanz
Boort, Honnig üm = zu Gute tun
Brägen = Gehirn
Brägen un Grütt = Hirn und Verstand
brammelt = murmelt
Bratobendöör = Backofentür
Breerwand = Bretterwand
bröddige = brütende
Bucker, littje = kleiner Junge
Bullerballer = Jähzorniger
bungel = baumelte
buten = außen
Buuk = Bauch
buukte = gemeine, schlechte

D
daalhuken = kurz hinsetzen
Dacklünen = Spatz
deep = tief
Deert, Deerten = Tier, Tiere
döfft = getauft
Dönz = Wohnstube
Döörlock = offen stehende Tür
Dööspaddel = dummer Mensch
dörsaagt = durchgesägt
düüst = schnell gefahren
duuk = tauchte
Düvelsmoor = Teufelsmoor
duuknackt = geduckt
dwadeln = langsam gehen

E
eendoont = einerlei
eenerwärts = irgendwo

F
faken = oft
Festdagskledaasch = Festtagskleid, Gala
fiegeliensch = sorgfältig, eigenartig
Fisemantenten = Streiche
Flasskopp = Blondkopf
foorns = sofort
Foot, to = zu Fuß
freet = geheiratet
Froonslüüd = Frauen
Froonsminsch = Frau
Füllläpel = Schöpfkelle
füünsch = wütend

G
gästereiert = sich einladen, besuchen
Gatz = Wunde
gau = schnell
gleinigen = glühenden
gnappt = beißen
Gnickern un Zickern = versteckt leise lachen
grall = munter, frisch
Grappen = gediegene Streiche
gremiterig = böse, wütend
Grütt = Größe
Güntsiet = gegenüber liegende Seite

H
Hannelee = Handelei, Schacherei
hanteiern = arbeiten, bewegen
Harst = Herbst
Hartpuckern = Herzklopfen
Heckmeck, ohne = ohne Überlegung
Heek = Hecht
hill = eilig
Hilln = niedriger Bodenraum über dem Stall
hintiern = hinfahren
höögt = freut
höpen = hoffen
Hoorsniern = Haare schneiden
hülsch = sehr
Hulschen = Holzschuhe
Hydranten, op'n Tresen = Zapfhahn für Bier

I
inkleern, neit = neu einkleiden

J
Jahn, ut'n = aus der Träumerei, in Gang
Jan Klapperbeen = der Tod
Jan Reiners = Bahn zwischen Tarmstedt und Bremen
jechens = irgend
jechenswatt = irgend etwas
juckelt = fahren
jümehr = ihre
jump, jumpt = springt schnell hoch

K
Kaarkgang = Besuch des Gottesdienstes
Kanthaken, bie'n nehmen = zur Rede stellen
kehrt, sik nich = stört sich nicht daran
Kehr, ut de = aus der Spur, daneben
Ketelflicker = Besserwisser
Kiekkasten = Fernseher
Kinnerbeer = Taufe
Kletschwagen = Kutschwagen
Klöterkasten = Telefon
kloken, ut = ausdenken
Klookschieter = Überkluger
Kluten, in'n tohoop = zuckt zusammen, erschrickt
Knääp = Streiche
knapp = kaum
Knipp = Geldbörse
knippöögt = zwinkert
Knööf un Wöörwark = Kraft und Worte
Kööksch = Köchin
kopplastig = müde, angetrunken
Kraftfoder = Kraftfutter, Benzin
kukeluurn = nachdenken, träumen

L
Läpel = Löffel
lamenteert = zetert, schimpft
laterhin = später
Leefde = Liebe
Leeghehn = Legehenne
Lengen = verlangen, sehnen
lepelwies = löffelweise, wenig
Lex = Lektion, treffende Antwort, Strafpredigt
lickmuuln = schmachten, lüstern, gierig sein
liek = gerade
Liekentext = Leichenrede
Lork = Schelm
Lüüs = Läuse
Luusangels = Lausbuben

M
Melkerbuck = Melkschemel
Melkmetersche = Milchkontrolleurin
messnatt = klitschnaß
mööt, inne = entgegen
Muscheplunt = Kosewort für kleine Kinder

N
neerig = geizig, übertrieben sparsam
Neets = Neues
neit, los = läuft los
niev = genau
nödelt = trödelt
nödigt = eingeladen
nöömt = genannt, nennen
nüms = niemand

O
obschoons = obwohl
öberleidig = im Überfluss
öd = kurz, gleich, schnell
Ogenmaat = Augenmaß
Oost = Oste, Nebenfluss der Elbe
opduukt = aufgetaucht
op'n hangen Hoor = beinahe
opsitten = wach bleiben
opstünns = heutzutage
opwussen = aufgewachsen

P
Pannkokenappels = Pfannkuchenäpfel
Peerkur = Radikalkur
Peerhannel = Pferdehandel
peest = läuft schnell
Peijatz = Träumer
Pennenschieter = Geizkragen
Plätermöhl = Kind, das viel redet
plattbarf = barfuß
pliert = peilt
Pööks, littje = kleines Kind
puckert = klopft
püttjerig = kleinlich
pülscht = schütten, plantschen
Pulk = Menge
Puuch = Bett
Puuln = eiterndes Geschwür

Q
Queeskopp = Nörgler

R
reegrund = reihum
Rheinländer = Tanz
Roohm = Rahm, Sahne
rückorsen = auf dem Sitz hin und her rutschen
Rükebusch = Blumenstrauß
rümbiestern = sich verfahren, verlaufen
rümbungeln = hängen
rümtowitschen = umher zu huschen

S
schafutert = schimpft laut, flucht
schannewert = schade
schecht, hin = rennt ohne Pause
schepelwies = scheffelweise, sehr viel
schickt, sik nicht = ziemt sich nicht
schostert = bastelt, fertigt kunstvoll
Schottwark = Mund
schünnen = drängen, antreiben
slecht = geartet
Sleef = Schlingel
Sleefvull = Schöpfkelle voll
sleept = schleppen
sliekt = schleichen
Slötel = Schlüssel
sludern = tratschen, schlecht reden
slumpt = zufällig geglückt
smieten = werfen
Snackertüüch = Leute zum Klönen
sniern = schneiden
Snurrboort = Schnauzbart
Sögens = Sauen
spaddel = zappeln, strampeln
speerorst = sich wälzen, toben
Spellwark = Spiel, Sache, Ding
spiddelig = dünn, mager
Spiejöök = Jux, Spaß
spiest = gespeist

spöken = spukten
staatschen = gestandener
stävige = starke
stanteped = sofort
Starken = junge Kuh, die zum ersten Mal kalbt
steersch = störrisch
stickendüster = stockdunkel
Stoffwulken = Staubwolke
Straatsiet = Straßenseite
strakelt = steichelt
strüüv, sik = sträubte, wehrte sich
stüürwehr, hooln = für Ordnung sorgen
Swiemeldrank = Alkohol
swool = schwül
swoor = schwer
swungsen = schwenkten, schaukelten, wirbelten

T
täsig = zahm
Tallig = Talg
Telgen = Zweig, Ast
teiert = gebärdet
tiert = zieht
tietlebens = Zeit seines Lebens
Töög, lege = schlechte Taten
todööst = eingenickt, eingeschlafen
toglieks = zugleich
tohand = bald
Tokiekers = Zuschauer
toschannen, eten = viel zu viel gegessen
toschostert = zugespielt, in Auftrag gegeben
trechsniern = zurecht schneiden
Trichinenkieker = Fleischbeschauer
Tüüt, ut de = aus dem Häuschen
Tuppenboort = hölzerne Haken für Hüte
twei = entzwei

U
unaschte = schlechte
Utbunt = Schelm
utdeent = ausgedient
utklookt = ausgesucht, ausgewählt
utöövt = ausgeheckt
utwinnig = auswendig
utwussen = ausgewachsen

V
vanabend = heute abend
vandaag = heute
Veehtüüg = Viehzeug
verbiestern = verfahren
verdullte, Streiche = komische, übertriebene Streiche
verdwass = quer
verfehrt = erschrickt
verhackstücken = Vorschläge bereden
vertüüch = hervor
Vesper = Frühstück
visenteiert = angeschaut
Vörbeen = Vorderbeine
Vörjohrsstruuk = Frühlingsstrauß

W
Warksteer = Werkstatt
Week = Woche
Weertsmann = Gastwirt
Weeswark = Anwesen
Wehdaag = Schmerzen
wehlig = übermütig, kräftig
wieldes = während dessen
Wiespahl, farbig = Verkehrsampel
wittsnabelt = blaß
Wittjerquast = viereckiger großer Pinsel
Wöörwark = Worte
wohrschoont = warnt
wollsachs = wohl, wahrscheinlich
Wraak, ton = gegen ihn, zuwider
Wüppsteert = Hase
wuracken = schwer arbeiten

Z
zuckelt = fährt langsam
Zuckerplünnen = wenig Zucker in Leinenbeutelchen gewickelt

Veröffentlichungen von Grete Hoops

Grete Hoops

Twüschen Waterkant, Heide un Moor

Plattdüütsche Vertellen
ton Lesen un Vörlesen
4. erw. Auflage 2005,
70 Seiten, 8,50 Euro
ISBN 978-3-89598-810-3

Grete Hoops

Dor frei ick mi all langen op

Plattdüütsche Vertellen
ton Lesen un Vörlesen
2002, 64 Seiten, 8,50 Euro
ISBN 978-3-89598-914-8

Grete Hoops

Von Wiet un Siet ut jede Tiet

Plattdüütsche Vertellen
ton Lesen un Vörlesen
2003, 80 Seiten, 8,50 Euro
ISBN 978-3-89995-036-6

Grete Hoops

Bohnen, Beern un Speck oder: De Tippelbröder

un annere vergnöögte
Dööntjes op plattdüütsch
vertellt, 2004, 80 S., 8,50 Euro
ISBN 978-3-89995-134-9

Grete Hoops

Allerlei un Allerhand ut us plattdüütsche Land

Dööntjes ton Högen -
op plattdüütsch vertellt
2005, 80 Seiten, 8,50 Euro
ISBN 978-3-89995-221-6

Grete Hoops

Mit Dela un Didi dör dat Johr

Ein reich bebildertes
Vorlesebuch in platt-
deutscher Sprache
2006, 36 S., 14,80 Euro
ISBN 978-3-89995-338-1

Grete Hoops

Dat löppt sik allns trech

Vergnöögte Dööntjes
op plattdüütsch vertellt
2006, 80 Seiten, 8,50 Euro
ISBN 978-3-89995-358-9

Hör-CD

Grete Hoops

Von Heideland bit Waterkant

Plattdüütsche Döntjes
70 min Laufzeit,
2007, 9,80 Euro
ISBN 978-3-89995-440-1

Grete Hoops

Plattdüütsch Woort het'n warmen Klang

Vergnöögte Dööntjes
op plattdüütsch vertellt
2008, 80 Seiten, 8,50 Euro
ISBN 978-3-89995-567-5

Grete Hoops

Geschichten, de dat Leben schrifft

op plattdüütsch vertellt
2009, 80 Seiten, 8,50 Euro
ISBN 978-3-89995-663-4